公元787年，唐封疆大吏马总集诸子精华，编著成《意林》一书6卷，流传至今
意林：始于公元787年，距今1200余年

一则故事　改变一生

《意林·少年版》编辑部

虎口拔牙
Live And Let Die

JAMES BOND

王牌特工 007

[英]伊恩·弗莱明 著 刘聪 刘瑜 译

吉林摄影出版社
·长春·

图书在版编目（CIP）数据

虎口拔牙／（英）伊恩·弗莱明著；刘聪，刘瑜译. —长春：吉林摄影出版社，2018.1
（王牌特工007）
ISBN 978-7-5498-3487-7

Ⅰ.①虎… Ⅱ.①伊… ②刘… ③刘… Ⅲ.①长篇小说－英国－现代 Ⅳ.①I561.45

中国版本图书馆CIP数据核字（2018）第007514号

王牌特工007系列·虎口拔牙
WANGPAI TEGONG 007 XILIE · HUKOU BAYA

著　　者	[英]伊恩·弗莱明
译　　者	刘聪 刘瑜
出版人	孙洪军
总策划	顾平 宋春华
出品人	杜普洲
主　　编	宋春华
责任编辑	施岚 胡晓路
图书策划	宋春华
图书统筹	于丽丽
执行编辑	朱晓婷 王萌萌
设计总监	资源
封面设计	资源
美术编辑	张迪
发行总监	王俊杰
开　　本	700mm×1000mm 1/16
字　　数	160千字
印　　张	13.5
版　　次	2018年1月第1版
印　　次	2018年1月第1次印刷

出　　版	吉林摄影出版社
发　　行	吉林摄影出版社
地　　址	长春市泰来街1825号
	邮编：130062
电　　话	总编办：0431-86012616
	发行科：0431-86012602
网　　址	http://www.jlsycbs.net
经　　销	全国各地新华书店
印　　刷	北京嘉业印刷厂
书　　号	ISBN 978-7-5498-3487-7　　定　价：28.80元

版权所有　翻印必究
（如发现印装质量问题，请与承印厂联系退换）

目录

第一章　一个神秘人　1

第二章　开启复仇之旅　9

第三章　包裹里的嘀嗒声　17

第四章　大网已经张开　25

第五章　虎穴探险　33

第六章　身陷密室中　41

第七章　宝石的特异功能　49

第八章　突出重围　57

第九章　究竟是敌是友　67

第十章　"银色幻影"号　77

目录

第十一章　黑暗之神　85

第十二章　女巫的符咒　93

第十三章　探秘金银岛　101

第十四章　这是莱特吗　109

第十五章　仓库里的激战　117

第十六章　飞机遇险　129

第十七章　大鱼被激怒　139

第十八章　比格终于来了　149

第十九章　海底探险之旅　159

第二十章　隐蔽的地洞　167

第二十一章　落入比格的魔爪　173

第二十二章　魔鬼的呓语　181

第二十三章　命悬一线　189

第二十四章　彻底陷入绝境　197

第二十五章　虎口余生　203

第一章 一个神秘人

突然,一个男人挡住了邦德的去路。
"是詹姆斯·邦德先生吗?"
邦德抬起头,看着眼前的陌生人,只见对方穿着一件深蓝色的大衣,手里拿着一顶毛毡帽,对自己微微笑着。

"叮——咚——"

机舱里响起空姐甜美的声音:"女士们,先生们,本机已到达美国艾德怀尔德国际机场,感谢您选择英国海外航空公司,下次旅途再会!"

詹姆斯·邦德打了个哈欠,又伸了伸懒腰,然后才拎起两个小行李箱,不紧不慢地跟着大家一起下了飞机。

"才在飞机上享受了一会儿,现在又要忙起来了。"邦德心里嘀咕着,十分不情愿。他可忘不了海关里那些可怕的地方:有些小屋子里黑灯瞎火的,而且闷热难耐,全是汗臭味;有些办公室门口挂着"闲人免进"的牌子,屋子里的人做事都悄无声息的,只有传真机"吱吱嘎嘎"响个不停,给华盛顿的麻醉药品管理局、反间谍机关、财政部和联邦调查局等部门发送着消息。

网络平台上正显示着:詹姆斯·邦德,英国外交护照号码:0094567。

"嘟嘟——拒入!

"嘟嘟——拒入!

"嘟嘟——拒入!"

"这是什么情况?"邦德紧皱着眉头。

"丁零——放入待查!"

第一章
一个神秘人

邦德舒了一口气,总算通过了。"真不知道联邦调查局搞什么名堂,害得我差点儿被拒入!"邦德心想,"我可是你们邀请过来的啊!"

安检员耷拉着脑袋,像是要睡着了似的。他把护照还给邦德,有气无力地说了一声:"祝您过得愉快,邦德先生。"邦德耸了耸肩,选择无视这种差到家的服务态度,朝移民检查处走去。

邦德一边走一边想:在美国,有多少人知道自己的真实身份?会不会有人出卖自己?

突然,一个男人挡住了邦德的去路。

"是詹姆斯·邦德先生吗?"

邦德抬起头,看着眼前的陌生人,只见对方穿着一件深蓝色的大衣,手里拿着一顶毛毡帽,对自己微微笑着。邦德心里暗暗猜测他的身份。

"我叫哈洛伦,很高兴见到你!"

邦德礼貌性地和他握了握手。

"我是联邦调查局派来接你的,负责把你安全护送到酒店。我已经跟机场方面打过招呼了,你不用再接受检查了,咱们现在可以直接走啦。麻烦跟我来好吗?"说完,哈洛伦带着邦德离开机场。

一出机场,邦德就看到门口停着一辆别克汽车。汽车引擎"嗡嗡"地响着,排气管像一头愤怒的公牛,从鼻孔里喷出一股又一股白烟。两人弯腰钻了进去。

"呀!我的行李还没拿出来呢!"邦德突然想起来。

哈洛伦笑笑不说话，伸手指了指副驾驶座说道："我们早就帮你拿出来了。"

邦德起身一看，还真是，两个行李箱已经安安静静地躺在副驾驶座上了。可是行李几分钟前才被送进海关的，怎么这么快就出来了？邦德心里又是一阵嘀咕。

"司机，开车吧。"哈洛伦说。

汽车"噌"地一下开了出去，很快就达到了最高时速。

邦德扭头看着哈洛伦，说："今天多亏有你，我以为起码要一个小时才能从机场出来呢。"

"甭客气。"哈洛伦笑着说道，"欢迎你来到美国，有什么要求你尽管开口，上面已经关照过了，你就是我们的贵宾，所以我们一点儿都不敢怠慢啊。哈哈！"

邦德听了笑着回答："哪里哪里。"

"能把你的护照借给我用一下吗？我得尽快安排你入住，再交接一下，我的任务就完成了。"哈洛伦又说道。

"没问题。"邦德把护照递给哈洛伦。

哈洛伦打开公文包，拿出又大又沉的司法部钢印，麻利地把护照翻到美国签证那页，"当"地一下盖上章，龙飞凤舞地签上名后还给了邦德。

接着哈洛伦又掏出一个皮夹子，从中取出一个信封递给邦德说："这1000美元给你，想怎么花就怎么花。你要是拿我当朋友，就拿着，别推辞。"

邦德拿着信封犹豫不决，哈洛伦像知道他的顾虑似的，又加了一句："你的上司已经同意了。"

第一章
一个神秘人

"嘿嘿，那就多谢了，我会把钱花在刀刃儿上的。说老实话，我没想到还会有活动经费，还是你们想得周到。"邦德笑着说道。

"这就对了嘛！我要先做一些记录，回去还要写报告呢。对了，你要给移民和海关检查站写封感谢信哦，感谢他们的配合。"哈洛伦叮嘱道。

"别光顾着做记录呀，你能先给我介绍一下美国吗？"邦德说。

哈洛伦笑了笑，指着车窗外说："看到路边这些大幅广告牌了吗？现在美国流行这个东西，它们给各种商品做宣传，看！那就是给新汽车做的广告。"

"那人们都相信广告吗？"

"嗯……不全信。旧货市场里，生意还是很火爆。"哈洛伦说，"现在越来越多的女人也学会开车了，为了给这些新手司机一些必要的提示，路边特意立了很多警示牌，看到了吗？"

这一路上，邦德确实看到了许多路牌，上面写着"请系好安全带""急转弯""前方拥挤""雨天路滑""标准车速"等警示语。邦德用心观察着自己看到的一切……

当看到那些鳞次栉比的大厦时，邦德把脸转向哈洛伦，努努嘴，欲言又止。最后他还是忍无可忍地说："我本来不想说，但我实在忍不住要吐槽啦！这里绝对是原子弹最佳的攻击目标！"

"我也是这么想的。"哈洛伦点了点头，深有同感地说，"一想到这里可能随时会遭遇袭击，我晚上都睡不着觉！"

哈洛伦话音刚落，汽车便停在了第五大道与第五十五街区的

交汇处——瑞吉酒店,这可是全纽约最好的酒店了!

一个中年男子神情忧郁地从酒店走出来。深蓝色的大衣加毡帽的装扮让他看起来有些威严。

"邦德,这是德克斯特上尉。"哈洛伦说,"上尉,我把邦德交给您啦!"

"好的!好的!你找人把东西送到顶楼的2100房间,我来接待邦德。"那个中年男子对哈洛伦说。

哈洛伦转身吩咐门口的行李员,将邦德的行李拿上楼。

突然,一辆黑色雪佛兰轿车飞驰而过,邦德眯了眯眼,目光越过哈洛伦,盯住那辆车。

第五大道上车辆川流不息,雪佛兰像是一条追逐猎物的蟒蛇,迅速灵活地游走其中,那"嘀嘀"的喇叭声,仿佛在宣示着自己的强大。最后,刚好赶在绿灯时开过路口,渐渐消失在第五大道的北端……邦德回过神来,刚才开车的居然是一名女司机,车技简直完美。透过后车窗,邦德瞥见车里唯一的乘客,那个乘客好像也在看着自己,但邦德不敢确定,毕竟车开得太快了,他也没有看清楚。

德克斯特捅了捅邦德的胳膊,似乎等得不耐烦了。

"咱们可以走了吗,邦德先生?请你先把帽子戴上。"

邦德心想:"现在才想起来要防范,已经太晚了。专职女司机少得可怜,刚才那辆车一定不简单。后座上那个身材魁梧、面色灰暗的人又是谁?是比格吗?他怎么知道我今天会到美国?"一个又一个的疑问回荡在邦德的脑海中。

"叮……"

第一章 一个神秘人

电梯在21楼停下，邦德跟着德克斯特走出电梯。

"我们为你准备了小惊喜，邦德先生。"德克斯特语调平平，没有一点儿热情。

"咔嚓"一声，德克斯特打开2100的房门，邦德跟在他身后走进屋子脱下衣帽，随手扔在椅子上。德克斯特变戏法似的打开另一道门，请邦德进去。

"哇！"邦德被豪华的会客厅吸引住，眼睛滴溜溜转个不停。他踩着柔软的地毯，摇了摇安乐椅，又坐在宽阔的沙发上试了试感觉，眼睛扫过餐柜上的酒杯和镀金冰桶。

突然，有人拉开了卧室的房门。

"在你的床头放上鲜花，是中央情报局有名的'微笑服务'"。一个瘦高的年轻人笑着走过来，大老远就向邦德伸出双手。

"菲利克斯·莱特，你怎么在这儿？"邦德一把抓住他的手说，"你怎么到我的卧室里来了？天哪，见到你太高兴了，你不是在巴黎吗？"

"好久不见呀。"莱特骄傲地说，"中央情报局觉得，皇家赌场的任务我们配合得十分默契，于是就从巴黎情报处把我挖过来了，现在我可是中央情报局和联邦调查局之间的联络员。"

"这次是美国人的事情，但是有些地方归中央情报局管。我一听说你到了酒店，立马订了午餐，我们先坐下来喝一杯，怎么样？"莱特走到餐柜前，撸起袖子，开始调制鸡尾酒。

邦德趁机对一旁的沉默着的德克斯特说："我十分乐意为您效劳，上尉。这个案子牵涉到两个地方，一个是美国，一个是牙

买加。我猜我是要去牙买加执行任务,对吗?"

"差不多,邦德先生。"德克斯特淡淡一笑,"你能来,说明把我们当朋友,胡佛先生非常欣慰,很高兴中央情报局能与你一起执行任务。"

"希望这次我们能顺利完成任务,干杯!"

酒杯发出一声清脆的声响,三人的杯子碰在了一起。莱特鹰一般的脸上流露出一丝滑稽的表情。

"咚咚咚咚咚。"

门口响起一阵沉闷的敲门声。原来是服务员来送邦德的行李和餐车。餐车上摆满了餐具和菜肴。服务员一道一道地把美食端上桌。餐具的盖子被掀开的一瞬间,香气扑鼻。配着蛋黄调味汁吃的肥美螃蟹,搭配着脆嫩爽口的西蓝花、酸甜可口的混合沙拉和肉汁四溢的牛排汉堡,再加上香醇的红酒,堪称完美。淋了焦糖的香草冰淇淋作为餐后甜点,成为一桌美食的点睛之笔。

"这饭菜不错嘛!"邦德看着这些美味,吞着口水说。但他唯一不喜欢的就是焦糖。

三人细嚼慢咽,舒舒服服地享受着美味佳肴。谁都没有说话,只有餐具叮叮当当地响着。

餐后,服务员把桌子收拾干净,端上热气腾腾的咖啡。德克斯特清了清嗓子,说:"邦德先生,你对这件案子了解多少?"

邦德懒洋洋地往椅子上一靠,装修华丽的屋子里暖洋洋的。可是他的思绪,却飘到了两个星期前……

第二章 开启复仇之旅

"我想见见这位比格先生。"邦德说,"我愿意见到锄奸团中的任何人!"说这句话时,邦德不禁攥起拳头,像是要马上把锄奸团的人撕碎。

"正合我意!把它拿走吧。"局长递给邦德一个……

"丁零零……"

邦德赶忙拿起电话。

"明天早点儿来。"局长参谋谨慎地说。

"能不能先给我透个口风?"

"好像是A和C的事。"说完,参谋立刻挂断了电话。

邦德皱着眉头,手摸着下巴想:A和C?那不是英国情报局在美国和加勒比的两个情报站吗?关我什么事呢?

第二天天还没亮,邦德就钻进低矮的驾驶座,系上安全带,按下发动按钮,整个动作一气呵成。车库里立刻回荡起引擎的咆哮声。

"轰轰轰……"

接着,他挂好挡,踩住油门,灰色宾利飞驰着冲出车库,开往海德公园。

一想到马上又要见到M局长了,邦德就抑制不住地激动!那可是邦德心目中的偶像,一直领导着秘密特工。但当他看到自己的双手时,脸色立马变得狰狞起来,紧握方向盘的双手,力道大得指节都发白了。

邦德手上有几个模糊的字母,代表着间谍的身份,是锄奸团的人刻上去的。他虽然进行了植皮手术,可疤痕依旧在,这让他

感到耻辱！那个刻字的人怎么样了？贝利亚下台后，又是谁在控制着这个专门暗杀谍报人员的机构？

"哼，机会终于来了。"邦德喃喃自语。皇家赌场案子之后，邦德曾发誓一定要报复他们。这次和局长见面，是不是意味着他要开始复仇之旅了？

邦德眯着眼睛，望了望黑暗中的摄政广场。仪表盘上的光映衬着他的脸，那张脸看上去残忍霸道，冷酷无情。

"哧——"

邦德换到低挡，猛踩刹车，汽车的发动机咆哮着，轮胎在马路上发出尖锐刺耳的摩擦声。邦德下车把钥匙扔给了车库管理员，吹着口哨向大楼正门走去。

电梯直接将他送上了顶层。从电梯出来，厚重的地毯，幽长的走廊，还是老样子，一点儿都没变。蒙尼·彭妮是局长的全能私人秘书，看见邦德，她满脸欣喜，一把抓起对讲机通知了局长。

"007到了，先生！"

"请他进来！"

邦德下意识翻了翻衣领，系上扣子，又理了理头发，走进了屋子。

屋子里光线昏暗，只有一束绿光，投射在写字台上。

"早上好，007，让我看看你的手。嗯，手术做得相当不错嘛，这是从哪里移植的皮肤？"

"从我的前臂上，先生。"

"哦，很好，这会让你的手看上去更漂亮一些。坐下吧。"

　　邦德绕到局长书桌对面,坐在唯一的一把椅子上。这时,局长直勾勾地盯着他,眼神像是一道激光,似乎能从邦德的身体中穿过去。

　　"休息得还可以吧?"

　　"很好,谢谢你,先生。"

　　"见过这个东西吗?"M局长摸了摸口袋,掏出一个东西顺手一扔,桌面发出沉闷、短促的响声,那个东西在红皮革桌面上闪闪发光。

　　邦德低头一看,原来是一枚金币,直径大概1英寸(约2.5厘米)。邦德拿起金币,翻到背面看了看,又掂了掂,说:"从没亲眼见过,这不是爱德华四世时的罗斯诺布尔金币吗?大约值5英镑吧?"

　　局长又从口袋里掏出一把金币,每放一枚到桌子上,就介绍一下那枚金币的历史。

　　"这是价值很高的西班牙双面金币,一面是费迪南德,一面是伊莎贝拉,于1510年铸造。

　　"这是法国查尔斯十一世的金币,铸造于1574年。

　　"法国亨利六世时的双面金币,1600年铸造。

　　"西班牙菲利普二世时的打卡金币,1516年铸造。

　　"荷兰查尔斯爱格蒙德时代的金币,1538年铸造。

　　…………

　　"如果把它们全部熔化,那得值多少钱哪!对金币收藏家来讲,那价值就更高了,每个都值10到20英镑呢,不过你发现它们的共同之处了吗?"

第二章 开启复仇之旅

邦德挠了挠头,冥思苦想了一会儿后,回答说:"没有。"

"它们都是1650年以前铸造的。1675年到1688年,摩根担任牙买加的总督和总司令。当时英国是牙买加的殖民统治者,这笔钱是用来武装牙买加守备军队的,博物馆和索肯斯都确定了这是摩根的财产。"

局长停下来,邦德斜眼看着他。

"这笔财富数额庞大。几个月来,美国出现了上千枚这样的金币。你想想,连财政部和联邦调查局都能查到一千多枚,那被熔化了的或是被私藏的会有多少?现在金币还在不断地出现,银行、金银贩子、古玩店,哪儿都有,最多的就是在当铺。"局长继续愁眉苦脸地说,"联邦调查局现在是进退两难哪!如果他们把这些金币当作偷来的赃物处理,那金币的来源就断了。它们或者被熔成金条,或者流入黑市,这样做就会大大降低这些金币的价值!现在,有人利用搬运工、卧铺车服务员和卡车司机来运送金币,让金币遍布美国。而那些人却还被蒙在鼓里,根本没意识到自己被利用了。

"我给你举个例子。"局长打开一个棕色档案夹,从绝密红头文件中拿出一页纸。邦德往前挪了挪椅子,透过背面,看到了上面的字头——司法部联邦调查局。

局长读道:"扎卡里·史密斯,35岁,卧铺车服务员,兄弟会成员,住在纽约哈勒姆区西126大街906号。珠宝店老板亚瑟法索举报说,11月20日他向自己提供了4枚16世纪和17世纪的金币。史密斯招供说,金币是从一个外国人手里买来的。"读完,局长又把纸塞了回去。

"这是很典型的例子。"局长继续说,"有好几次,中间人都被抓住了。他们买到的古币很便宜,所以有人一买就是上百枚。这些大额交易都是在哈勒姆或者佛罗里达进行的。通常二次转手的人都是白领,他们大都受过良好的教育。他们说这些古币可能是黑胡子海盗的财产,但是我觉得这个说法有两点漏洞。"

局长停下来,沉思了一会儿后说:"黑胡子是在1690年到1710年间当的海盗,他怎么可能有1650年以前的金币呢?除非见鬼了!我刚才说过,这里有爱德华四世时的罗斯诺布尔古币。但这期间,没有英国到牙买加的珠宝船被劫。这种船的守卫是很森严的,连只苍蝇都飞不进去。"

"第二点,"局长抬头望着天花板,又看向邦德,开口说道,"我知道宝藏在哪儿,至少能确定不在美国,而是在牙买加,是摩根的财产。我估计那可能是史上最值钱的宝藏之一。"

"我的天哪!"邦德满脸不可思议,惊叹道,"你是怎么得到这个消息的?"

局长扬起一只手:"这里有详细资料。"说完他把手按在棕色的档案夹上。

"总而言之,C情报站已经盯住了一艘叫'大剪刀号'的柴油汽艇,它从牙买加北海岸的一座小岛出发,通过坦帕,开往墨西哥一个叫彼得斯堡的风景区,那里是佛罗里达的西海岸。在联邦调查局的帮助下,我们追查到了这艘汽艇主人的情况。他是一个土匪,叫比格,住在哈勒姆区。你知道这个人吗?"

邦德的大脑快速地运转起来:比格?没听说过呀。

局长淡淡地说:"奇怪的是,一个游手好闲的外国人买了一

第二章
开启复仇之旅

枚金币，可他却是比格的人。"局长看向邦德，"这是联邦调查局的一名双重特工透露给我们的。"

邦德轻轻地嘘了一声。

局长继续说道："我们怀疑这批牙买加的宝藏，是偷偷给国外组织的经济援助，你看他们猖狂的样子！等我介绍完比格先生，你就会知道我们怀疑得没错。"

邦德静静地看着局长，等他把话说完。

"比格先生，"局长一本正经地说，"可能是世界上势力最大的罪犯集团头子！"

局长细心地列举着："他是黑寡妇巫毒组织的首领，组织里的成员都把他当成组织领袖萨莫迪大王的化身呢。"

局长拍了拍档案夹："这些信息材料里都有交代，我料想你看后肯定会被吓得魂不附体，因为他也是那个国外组织的间谍。此外，还有一点会特别吸引你。"

"哦？"邦德两眼放光。

"他是锄奸团有名的成员之一。"

"真的吗？"邦德倒吸了一口气，"那我可得会会他。"

"这是个棘手的案子，"局长盯着邦德，"比格可是个不简单的人物。"

"我想见见这位比格先生。"邦德说，"我愿意见到锄奸团中的任何人！"说这句话时，邦德不禁攥起拳头，像是要马上把锄奸团的人撕碎。

"正合我意！把它拿走吧。"局长递给邦德一个厚厚的棕色档案夹，"和普伦德以及戴蒙讨论一下，一个星期之后开始行

动。这次是中央情报局和联邦调查局的联合行动。你可千万不要招惹联邦调查局,他们就像牛皮糖似的,一旦粘上怎么甩都甩不掉!祝你好运!"

邦德从大楼里出来,钻进车,猛踩油门,挂高速挡,直奔A情报站……

第三章 包裹里的嘀嗒声

直到吃饱喝足,邦德才意识到屋子里有奇怪的声音,听起来很柔和,模糊不清,不快不慢,像是金属的声音,而且是从橱柜方向传来的。

"嘀嗒……嘀嗒……嘀嗒……"

　　转眼间,邦德来到纽约已经快十天了。
　　一大早,瑞吉酒店的房间里静悄悄的,只能听到钟表嘀嗒嘀嗒地响着,一缕阳光悄悄地穿过窗帘的缝隙钻进屋子,洒在软绵绵的大床上,不禁让床上的人蠕动了一下身子。
　　"哈——"邦德躺在床上舒服地打了个哈欠,迷迷糊糊睁开眼,边伸懒腰边尽情地享受着阳光,但脑子里却开始梳理起这些天得到的关于比格的所有消息。
　　在英国时,戴蒙局长介绍说,比格今年45岁,出生在海地,是黑种人和白种人的混血。据说因为他本身的名字很奇怪,再加上他身材魁梧,所以大家就干脆用他名字的首字母称呼他——"B、I、G",连起来读就是"比格"。后来,人们直接叫他"巨人"或者是"巨人先生",要不就是"比格先生"。而他的真名嘛,只有他的出生记录上和联邦调查局那儿有记载,神秘得很。他不抽烟、不喝酒,唯一的弱点是有慢性心脏病,怪不得他的皮肤看起来发灰呢!
　　邦德翻了个身,把被子压在下面,继续回忆着:"上次德克斯特和莱特在我这儿时说过,比格加入巫毒组织的时候还是个孩子,只能在太子港当兼职卡车司机勉强维持生存。后来,他移民到美国,加入了'长腿钻石'抢劫团伙,在里面混得风生水起,

第三章
包裹里的嘀嗒声

弄了点儿钱。

"他带着钱到了哈勒姆区,跟别人合伙开了一家酒吧。心狠手辣的比格向来不喜欢跟别人平分秋色,果不其然,没过多久,他的合伙人就失踪了。于是,比格神不知鬼不觉地就成了酒吧唯一的老板。这也难怪,比格可是有过非同寻常的经历呢!

"他应征入伍时,战略情报局一眼就相中了他,把他当作种子选手来培养。后来比格被派到法国当特工,他轻轻松松地就和码头上的工人打成了一片,而且还交了一位那个国外组织里的朋友,搞到了许多精确情报。他退役后,就像人间蒸发了一样,谁都找不到他,有人怀疑他被那个人骗进了那个组织。

"五年以后,他突然出现在哈勒姆区,所有的警察都对他虎视眈眈,怀疑他已经变成了那个组织的间谍。他重操旧业,直接垄断了哈姆勒区娱乐场所的生意。他出手大方,年年给手下每人发两万美元。他在哈勒姆区创立了地下巫毒组织,建立了庞大的关系网。他还除掉了一名组织叛徒,让联邦调查局在那个组织失去了重要内应。传言他是锄奸团的一员,是萨莫迪大王的化身,是令人畏惧的黑暗之神!

"巨人?锄奸团?黑暗之神?不管他是谁,我一定要把他杀个片甲不留!"邦德暗暗下定了决心。

屋子里那一缕阳光不知不觉地竟然变成了一大片。邦德下了床,拉开窗帘,向远处眺望。情不自禁地,他眼露寒光,嘴角挂上了一丝冷笑。

"咕噜……"

"哎呀!瞧我这记性,我还没订早餐呢,我的肚子都跟我抗

议了。"邦德自言自语道,然后他拿起电话打向服务台。

"早上好,瑞吉酒店为您服务。"

"我要订早餐,半品脱橘子汁,三个鸡蛋,加培根稍微炒一下,双份带奶油的咖啡,面包片,还有柠檬酱。"邦德一口气说完。

"我们这就准备,请您稍候。"

趁着早饭还没送来,邦德决定冲个凉水澡。剃胡须的时候,邦德对着镜子,仔仔细细地审视自己的脸。以前又黑又浓的卷发已经被剪成标准的士兵头型,高高的颧骨上是一双灰蓝色的眼睛,一切看起来都很完美——除了右脸颊上那道碍眼的疤痕。

"唉,亏我还用了那么多祛疤膏,一点儿都不管用。不过,就算脸上有道疤,也影响不了我的帅气。"想到这儿,邦德顿时嘴角上扬,心情大好。

邦德一边用毛巾擦着头发上的水,一边找出自己的那些"装备"。上级指示,到美国后,他必须把自己装扮成一个美国人。这没什么难的,邦德找了位裁缝,为自己量身定做了几身美国行头——深蓝色的双排扣外套、尖领白衬衫、印着古怪图案的绸缎领带、绣着钟表图案的黑袜子、插在西装胸口口袋里的绢花……

邦德撕开装衣服的袋子,穿上一件白衬衣和一条蓝裤子,然后看着这一堆衣物,感觉无从下手。他得在中午前把东西收拾好,寄到牙买加去。邦德硬着头皮,把行李箱摊到地上,一件一件地边往里放边自言自语着:"首先是最新的身份证,拿着它,我就可以拍着胸脯说自己是美国人啦!嗯……还有领带夹、钱包、打火机、剃须刀、梳子。"最后还剩下一个羊皮枪套,里面

第三章
包裹里的嘀嗒声

装着一把精致的贝雷塔手枪,这可是邦德的心肝宝贝!上级已经同意邦德随身携带了。

"呼——东西还真不少!"邦德扣上鼓鼓囊囊的行李箱,喘了一大口气,准备休息一下。

他拿起写字台上的那本《旅行者之树》。这本《旅行者之树》是M局长给他的,M局长当时还一本正经地说:"里面描写的可不是中世纪的黑魔法,而是海地每天都在上演的事!"

哼,海地还能发生什么事?邦德心里嘀咕着。虽然有满肚子的怀疑,可他还是慢慢翻开了书页,不知不觉地走进了书中的世界……

这一节我们要谈到的是巫毒组织的神主们使用的咒语。据说,这些咒语能把人变成奴隶。神主们教他们的成员用咒语去替自己消灭敌人。练习时可以先选好牺牲者——一只癞蛤蟆。记住,毒药可以解除咒语的效力。

那些巫毒组织的祖先到处散播谣言,说人拥有一定的能量后,可以变成蛇和蝙蝠,变形的过程不会伤害人的身体。另外,有一群神出鬼没、法力无边的黑巫师,他们的祭品是……

邦德看得入了迷,完全沉浸在巫毒组织的故事中。

咚咚咚咚……一阵阵鼓声从远处传来,那每一下敲击,都能震得人心脏一颤,现场烟雾弥漫,一片混乱。不一会儿,那震耳欲聋的声音好像小了……烟雾渐渐消散了,眼前的景象也清晰了,那是什么?

只见一个呈十字形的大黑木头牢牢地插在石头堆里,上面罩着一件破布衫和一顶草帽,柱子上的图腾代表他们的首领——萨

莫迪。旁边那群穿着奇装异服的男男女女是在跳舞吗？他们的脚步时而向前，时而向后，每动一步，身体都会剧烈地抖动一下……

"咚咚咚！"

哪儿来的声音？

"请问邦德先生在吗？您要的早餐好了。另外，有人送了一个包裹给您。"原来是送早餐的呀，邦德还以为自己听到巫毒组织的鼓声了呢！

邦德合上书，一心想着快点儿吃早餐，他的肚子早就咕咕叫了。邦德一边吃，一边想："那个包裹包装得那么精美，肯定是莱特的马后炮，等会儿我再看看他到底耍的什么把戏。"直到吃饱喝足，邦德才意识到屋子里有奇怪的声音，听起来很柔和，模糊不清，不快不慢，像是金属的声音，而且是从橱柜方向传来的。

"嘀嗒……嘀嗒……嘀嗒……"

邦德毫不犹豫地躲到椅子背后蹲了下去，他全神贯注地听着包裹里的声音，不停地告诉自己：镇定，镇定，不要慌，先冷静下来，那不是鼓声，那只是钟声。

"嘀嗒……嘀嗒……嘀嗒……"

此时的房间里只能听到心跳声和嘀嗒声。那嘀嗒声像是要赶上邦德剧烈的心跳，跟它一较高下。

"嘀嗒……嘀嗒……嘀嗒……"

突然，钟表发出一阵低沉优美的响声，打破了剑拔弩张的局势。

第三章 包裹里的嘀嗒声

"当当当当当……"

居然没爆炸?邦德站起来,慢慢从椅子背后探出头,盯着包裹。它仍然在响着,响声又持续了半分钟,然后开始慢下来,邦德也跟着放松下来,以为这个恶作剧快结束了。

"轰……"

包裹被炸得破烂不堪,散落在地上,橱柜里的杯子和瓶子都被炸成了小玻璃碴儿,就连灰色的墙面也被炸出了一块黑色的污迹,屋子里满是火药味儿。邦德小心翼翼地走到窗边,打开窗户,给德克斯特拨了个电话。

他泰然自若地说:"刚刚一颗炸弹爆炸了……不,一颗小的……就碎了一些玻璃……好的,谢谢,当然没有,再见。"

邦德绕过碎片,穿过客厅来到走廊,打开门,在外面挂上"请勿打扰"的牌子,又把门锁好,回到屋里。不一会儿,就有人来敲门。

"谁?"邦德警惕地问。

"是我,德克斯特。"德克斯特三步并作两步走进屋里。他身后跟着一个面色蜡黄的年轻人,腋下夹了一个黑色的盒子。

"这是特瑞普,我们破坏小组的人。"德克斯特介绍。

邦德和年轻人握了握手,年轻人便蹲在了被烧焦的包裹碎片旁。他打开盒子,拿出一副橡胶手套戴在手上,然后又拿出一把镊子,小心翼翼地从碎片中夹出零星的金属碎片和玻璃碎片,把它们一一排放在吸墨纸上。

"铃声响半分钟后才爆炸的?"年轻人一边问邦德,一边轻轻地夹起一个胶片盒大小的铝盒放在一旁。几分钟后他抬起头,

坐在地上说:"半分钟的时间是让强酸在盒内腐蚀铜线,从第一次击锤敲击开始,30秒后铜线断裂,触动了爆炸制动杆。"他举起手中的火药座,"这是4英寸(约10厘米)的炸药管,里面是黑火药,空包弹,没有杀伤力。你很幸运,因为这不是一颗手榴弹。但包裹里空间很大,你本来应该受伤的。你再看这个。"

年轻人又拿起一个铝筒,把盖子拧开,用镊子从里面夹出一个小纸卷来。他把纸卷小心翼翼地展开,用四个工具夹固定在地毯上。德克斯特和邦德凑过来,伸着脖子盯着那张纸看,上面一共有三句话:

这个钟表已经不响了。

你的心跳也将进入倒计时。

我知道你的死期,我要开始倒数了。

署名是"1234567"。

邦德哼了一声:"胡扯。"

"可他们怎么知道你在这儿?"德克斯特有些摸不着头脑。邦德把自己在第五大道上看到那辆黑色轿车的事告诉了他。

"最重要的是,"邦德说,"他怎么会知道我来这干什么呢?这说明他在华盛顿的眼线也很多啊,肯定是哪里有漏洞。"

"凭什么说是在华盛顿呢?"德克斯特说话的声调一下子变高了。但他马上冷静下来,挤出了一丝微笑,"这下坏了,还要向总部报告,今天就到这儿吧,邦德先生,看到你平安无事,我非常高兴。"

邦德说:"这是对手送来的一张明信片而已,我要答谢这份'好意'。"

第四章 大网已经张开

天空下着蒙蒙细雨,邦德把他的衣领竖了起来。他渴望去哈勒姆区追捕比格,他感到浑身上下充满了力量与自信。黑夜正浓,就像一本尚未打开的书,正等待着邦德逐字逐句地品读。

德克斯特和他的同事带着碎片包裹离开了，邦德拿了一块湿毛巾，把墙上那团黑黢黢的痕迹擦掉，看着屋子里的一片狼藉，他无奈地给酒店前台打了个电话。

"您好，瑞吉酒店为您服务，请问有什么能帮您的吗？"

"这里是2100客房，刚才出了点儿意外，请派人过来收拾一下。"邦德简单交代完就挂了电话。他穿上大衣，随手拿了一顶帽子，准备到街上去转转。

他迈着悠闲的步伐，在第五大道上漫无目的地闲逛，这儿有着各式各样的店铺：发廊、服装店、小吃店、鲜花店……有时看到好玩儿的小物件，邦德还凑上去问问价格，俨然一副美国人的模样。

逛得差不多了，邦德叫了一辆出租车去了警察局。莱特和德克斯特跟他约好了要一起去警察局找宾斯万格中尉。据说那个中尉脾气差得很，动不动就生气，邦德可不想因为迟到而惹他生气。

一到警察局，邦德就匆忙地赶到宾斯万格中尉办公室，敲了敲门。

"咚咚咚！"

"请进！"

第四章
大网已经张开

邦德一进屋子,就看到莱特和德克斯特已经坐在了椅子上,他们正在和一个男人谈话。想必那就是宾斯万格中尉了吧?

"邦德先生你好!既然你来了,咱们就开始谈案子吧。"宾斯万格中尉开口说道。

"您好,中尉。谢谢您协助我们办案。"邦德答谢后,挨着莱特坐到沙发上,他用胳膊肘捅了捅莱特,小声说,"真不讲义气,不是说好了一起来吗,怎么你先到了?"

莱特翻了个白眼,懒得搭理邦德,专心听宾斯万格中尉的介绍。

"这里有比格同伙的资料,还有海岸警卫队和海关情报处的报告,你们一边看一边听我说。"宾斯万格中尉把材料递给他们,"过去六个月,一艘叫'大剪刀号'的游艇总是时不时地出现在彼得斯堡的一个码头上。码头那家公司的主要业务是批发鱼饵,但也会卖一些热带鱼,或者专门给医疗研究机构提供有毒的鱼来做实验。据鱼饵公司的老板讲,'大剪刀号'经常从牙买加带来一些热带鱼,而且很多都是昂贵的品种。这个老板叫潘帕斯,没有犯罪记录。"

"'大剪刀号'绝对有猫腻,不然怎么……"

邦德还没说完,宾斯万格打断他:"你先听我说完呀,着什么急?"

"在海军情报部门的帮助下,联邦调查局监听了游艇的通信,你们猜怎么着?果然不出我们所料,只要游艇一从牙买加或其他加勒比海域国家出发,他们就会发出一小段消息,然后一级一级传下去,他们说的都是一些稀奇古怪的东西,估计是巫毒组

织的语言,没人听得懂,这让我们很头疼。"宾斯万格说到这儿,叹了口气,"所以下次一定要在'大剪刀号'出海前,不惜一切代价,从海地请一个这方面的语言专家。"

"时间那么紧迫,上哪儿去弄这么一个专家啊?"莱特说。

宾斯万格中尉愤怒地说:"你以为我不知道时间紧迫吗?最近金币一批接着一批出现,要是这些金币真的成了那个组织的钱,我们越是拖延时间,后果就越糟糕,到时候咱们都得吃不了兜着走!"

屋子里突然鸦雀无声,气氛显得有些尴尬。

"咳咳!"德克斯特故意咳嗽了两声,打破了僵持的局面,"我们了解了,宾斯万格中尉。时间不早了,我们就先告辞了,谢谢您!"

"不用谢!"宾斯万格中尉面无表情地说,"电梯出门右转。"

三个人出了警察局,德克斯特对邦德和莱特说:"今天早上我接到华盛顿方面的指示,我负责美国这边,你们两个明天去彼得斯堡港。邦德先生,莱特要在那儿搜集尽可能多的信息,然后和你一起去牙买加。"

"当然,"他又说了一句,"要不要他一起去你说了算,我们可做不了主。"

"当然要他去!"邦德立刻说,"我刚才正想问他能不能和我一起去呢。"

"哈哈,你们这两个老朋友一起执行任务肯定没问题。"德克斯特说,"那我就把我们的计划上报给华盛顿方面。你们两个

第四章
大网已经张开

还有别的要求吗?"

邦德谨慎地说:"今天晚上我想先和莱特去趟哈勒姆区,去刺探一下情报,没准还能碰见比格呢,你说怎么样?"

德克斯特迟疑了几秒钟,点点头说:"好吧,不过别太招摇,注意安全,别让我给你们收拾烂摊子,我们现在对比格的政策是'和平共存'。"

邦德并不认同德克斯特的观点,他说:"要是我遇到比格这样的人,我的原则就是'他死我活'。"

德克斯特耸耸肩:"也许吧,但是在这儿你得听我指挥。邦德,如果你能理解这一点的话,我会很高兴。"

"那是当然。"邦德立即回答,他就怕德克斯特反悔,不让自己去哈勒姆区。

德克斯特招手叫来一辆出租车,三人握手告别。

车一开走,邦德就对莱特说:"今晚去哈勒姆区怎么样?"

"可以啊,"莱特说,"我先送你回瑞吉酒店,六点半我们在一楼的金科尔酒吧会合。我猜你只是想去看比格吧?"莱特咧嘴一笑,"嘿嘿,其实我也想,不过,如果这么告诉德克斯特,咱们的计划就泡汤了。"说完,他一伸手,一辆出租车在他身旁停下来,"到瑞吉酒店。"

到了酒店,邦德告诉服务员6点整打电话叫醒自己,然后径直回到房间躺到床上,进入了梦乡。

此时此刻,在哈勒姆区,一个接线员正伴着赛马新闻,倚靠着电话交换机打瞌睡。突然,总机右侧的灯光亮了,把接线员吓

得一激灵，那个灯可是代表大老板的。

"老板您好。"他抓起话筒轻声说道。

"告诉所有的'眼睛'，现在开始密切监视三个人。"一个深沉缓慢的声音从话筒中传来，描述了德克斯特、莱特和邦德的外貌，"他们可能今天晚上或者明天来，要特别注意娱乐场的情况，不要让他们浑水摸鱼。如果发现他们，就立即告诉我，明白了吗？"

"明白了，老板。"接线员紧张地回答后，抓起一把接线插头插入交换机，交换机的灯光一闪一闪，开始工作了。他用急切的声音，把老板的指令传到了市区的每一个角落。

一张大网就这样慢慢张开，等着猎物自投罗网……

"丁零……"

一阵急切的电话铃把邦德吵醒。邦德接完电话，还是懒洋洋地躺在床上不愿起来，但一想到要去哈勒姆区，他一下子来了劲头，起床去浴室冲了个凉水澡，然后站到镜子前，认真地打扮起来——先系上一条华丽的条纹领带，再将一张手帕叠好放进胸前口袋，露出一个角。打扮完毕后，他把贝雷塔手枪的八粒子弹全部退出，一粒一粒地摆到床上，排成一队的子弹，好像邦德手下的小士兵。邦德擦了擦手枪，又把子弹重新装入弹夹，放进了枪套，背在身上。

他拿起一双皮鞋，敲了敲鞋头，好像不太满意。接着，他又从床底下掏出另外一双皮鞋来，这双皮鞋乌黑油亮，光滑的鞋头反射出高贵的光芒。事实上，这是一双特制的皮鞋，是邦德的随

第四章
大网已经张开

身武器之一,鞋头是钢板做的,杀伤力非常大,它已经是跟邦德一起出生入死的好兄弟了!

6点25分,邦德下楼去了金科尔酒吧,找了个位置坐下来。几分钟后,莱特进来了,邦德差点儿没认出他来:"啧啧啧,可以呀,兄弟,你真是盛装出席,我差点儿都没认出你来,怎么连头发都变黑了?不过这身蓝色西装和你这条圆点领带倒是搭配得挺好。"

莱特害羞地笑了笑,说:"毕竟是去哈勒姆区嘛,得注意一下形象。我用了染发剂,不过,我觉得黑色的头发看起来怪怪的。"

"我们要快点儿动身才行。"莱特突然转入正题,"近年来哈勒姆区不太平,人们都不爱去那儿了。以前一到晚上,人们就会一窝蜂地跑到哈勒姆区,就像巴黎人晚上到蒙马特区一样,他们喜欢带着大把的钱,到萨伏伊舞厅唱歌、跳舞。现在大部分的商店都关着门,即使你能进到酒吧里,也可能会被扔出来,而且是脸着地的那种。"

"幸好我和那儿的人还有点儿交情。"莱特继续说,"我以前是哈勒姆区的狂热爱好者,写过关于哈勒姆区爵士乐的文章,登在了当地的报纸上,奥森·威利斯扮演麦克白的时候,我还在报纸上为那里的剧场宣传了呢!所以他们应该不会对我怎么样。"

两个人喝完了酒,莱特示意服务员买单。

"当然了,那里肯定也有些不好的地方,"莱特说,"有一

些人还是出了名得坏。但最大的问题是，比格接受过美国战略情报局和那个组织情报部门的训练，是个犯罪行家，他一定把哈勒姆区组织得非常严密，我们得多加小心了。"

"我们走吧。"莱特付完钱，搭着邦德的肩膀说，"我们就当是去那儿找乐子，尽量全身而退，就算有什么意外情况，也是情理之中嘛，别担心。咱们坐公交车去，就可以直接到哈勒姆区。"两个人离开气氛温馨的酒吧，走了一段路，到了公交车站。

天空下着蒙蒙细雨，邦德把他的衣领竖了起来。他渴望去哈勒姆区追捕比格，他感到浑身上下充满了力量与自信。黑夜正浓，就像一本尚未打开的书，正等待着邦德逐字逐句地品读。

第五章 虎穴探险

> 一个年轻的小伙子，懒洋洋地靠在椅背上，一只脚搭着旁边的长凳，用一把指甲刀修剪着左手的指甲，还时不时地望一眼酒吧里无聊的影片。
> 他穿着一件带肩垫的西装，平整的丝绸领带和白衬衣让他魅力四射。

公交车站在第五大道和天堂广场路的交叉口。三个人无精打采地站在路灯下，被雨水浇成了落汤鸡。他们从接到电话开始，就一直站在这里观察着第五大道上的风吹草动。

"哎，来了一辆！"其中一个人激动地提醒他的同伴。

一辆公交车从一片漆黑中露出头，朝站点方向开来。那人对他的同伴说："你上这一辆，法索。"

"好吧。"身材魁梧的法索压了压帽子，跳上了公共汽车。投了硬币后，他一边向车厢后方走去，一边打量着车上的乘客。他走到两个穿着华丽的人后面，开始仔仔细细地观察他们两个人的衣服、帽子和面部轮廓。

邦德虽然坐在挨着窗户的位置，可透过车窗的玻璃，法索还是看到了邦德脸上的伤疤。

法索确定之后，头也不回地下了车，走进一家杂货店，拿起电话拨了出去："目标确认成功。"

细声细语的接线员得到消息后，急忙把一个接线插头插到了右边的插孔。

"嗯？"

"老板，目标出现在第五大道！是那个脸上有疤的英国佬。他身边还有个同伴，但看起来不像是另外那两个人。"

第五章 虎穴探险

"知道了。"老板的声音很平稳,"撤回其他大道上的'眼睛',任务结束。告诉娱乐场那边,猎物到了。再通知约翰逊、麦克林、长舌福林、萨姆·迈阿密,还有弗兰内尔……"老板说了将近5分钟。

"记下了吗?重复一遍。"

"是,老板。"接线员看着刚才迅速写下的笔记,流利地复述了一遍,一点儿也没有停顿。

"很好!"老板满意地挂了电话。

接线员激动地抓起一把插头,又把命令传达到哈勒姆区的各个角落。

从邦德和莱特到达公交车站时,就已经有几个小队的人开始监视他们或等着监视他们,而邦德和莱特却丝毫没有注意到即将来临的危险……

邦德和莱特来到著名的休格雷娱乐场。

"这儿的生意真好啊,吧台都没位置了。"邦德打趣地说。

"那儿不是还有一张桌子吗?非要坐在吧台干什么?我可不想暴露身份。"说完,莱特拉着邦德走到角落里,找了张桌子坐下了。

两个人点了苏格兰威士忌和苏打水。邦德细心地观察着周围的环境,发现墙上贴满了拳击海报,上勾拳、下勾拳、击倒对手……多数都是休格雷训练或比赛时的精彩瞬间,让人看了不禁兴奋起来,难怪这里这么热闹!

"休格雷是个聪明的家伙,"莱特说,"希望我们两个也能

和他一样聪明。他曾经销声匿迹了一段时间,现在又冒出来,投资建了音乐厅。光这个酒吧的股份就够他花一辈子了,这周围许多房地产也都是他的。他现在依旧拼命地工作,只不过不再打拳了,能活着退出拳坛,不简单哪。"

莱特向前探着身子:"你听听后面那对情侣说什么呢?我刚才好像听他们提到了'天堂'。"

邦德微微转头,用余光小心地向后扫了一眼。

一个年轻的小伙子,懒洋洋地靠在椅背上,一只脚搭着旁边的长凳,用一把指甲刀修剪着左手的指甲,还时不时地望一眼酒吧里无聊的影片。

他穿着一件带肩垫的西装,平整的丝绸领带和白衬衣让他魅力四射。

小伙子的对面坐着一位漂亮的姑娘,她正焦急地和小伙子争辩着什么。不过很快两个人的态度就缓和了下来,随即高高兴兴地离开了。

"我听明白了,只不过是两个年轻人拌了两句嘴。"邦德放下菜单,笑着说。

"哎呀,我还以为能搞到点儿情报呢,看来是空欢喜一场了,走吧,"莱特建议道,"我们换个地方,吃顿大餐。"

两个人干了最后一口酒,邦德说:"今晚我买单。我现在可是大款,有一堆钱可以花。"

"那就恭敬不如从命了!"莱特知道邦德有行动资金,也就没有推辞。

服务员正要拿起桌子上的零钱,莱特突然问:"知道今天比

第五章 虎穴探险

格在哪儿玩儿吗？"

服务员看也不看莱特，一直弯着腰，用抹布擦着桌子，小声说道："老板，我有老婆孩子。"说完，他把玻璃杯放到托盘中，转身走回吧台。

两个人有些失望，他们打算离开酒吧，准备去马弗拉泽尔餐馆。那是哈勒姆区好吃的最多的地方了。

两个人晃晃悠悠地走在街上，邦德的目光却被商店橱窗里的广告吸引了。各式各样的美发产品广告，电梳配套用品；男装店里有精美的蛇皮皮鞋和带有小飞机图案的衬衫、条纹哈勒姆裤和爵士乐爱好者热衷的服装；书店里有许多教育类的书籍，教你这个怎么做，那个怎么做，还有连环画，有些神秘学的书，封面上的文字告诉你：如果你被施咒了，教你怎么解除咒语并反击，还有《七把打开权力之门的钥匙》《天下第一奇书》《遍施魔咒》《让人人都爱你》等书籍。

"幸亏咱们来了哈勒姆区，"邦德说，"我已经掌握了比格的命脉了。在英国，没有人看迷信的书。当然我们那儿也有迷信，但这里的迷信色彩太严重了，这就是比格的手段！"

"嗯，你说得有道理，不过我们还是快走吧，去晚了可就没饭吃了。"莱特催促着邦德，两人加快步伐，来到了马弗拉泽尔餐馆。

热闹的马弗拉泽尔餐馆里和外面冷清的街道形成了鲜明的对比。服务员热情地招呼他们入座，介绍了一下特色菜："两位先生，我们这里的蛤肉最新鲜，都是现捞上来的。"

"好，就来一盘蛤肉，再加上生炒马里兰子鸡、酱肉、加糖

玉米。"莱特连菜单都没看,直接点了菜。

"知道比格今天在哪儿玩儿吗?"莱特冷不丁问了一句。服务员好像没听到,转身走了。直到两人吃完想要付账时,服务员才过来,莱特又重复了一遍刚才的问题。

"对不起,先生,"服务员简短地说,"我没听过这个名字。"

又是一无所获,今晚邦德和莱特已经去过好几个地方了,但没有一个人能告诉他们比格在哪儿。他们会继续打听消息吗?

"时间还早,我们再去别的地方转转。我有一种预感,我们离比格已经很近了。"邦德不甘心就这么回去,于是两个人又叫了一辆出租车,来到萨伏伊舞厅。他们要了两杯苏打水,一边喝一边欣赏舞蹈。

"大多数现代舞都是在这里诞生的。"莱特介绍道,"是不是很厉害?你知道的每一个歌手,都以曾在这里登台亮相为荣。比如路易斯·阿姆斯特朗、凯比·卡洛威、诺布尔·西索,还有弗莱切·亨德森……"

舞台很宽敞,他们的桌子靠近舞台的围栏。

"这儿很符合你的品味吧?"莱特忍不住开口说道,"我可以在这儿待上一整晚,但我们最好还是走吧,不然就没时间去'莫尔乐园'了,那里和这儿差不多,但是在这两个地方消费的人的档次不一样。之后我再带你去第七大道的'应声虫'(酒吧)。最后我们必须再去一个比格的大本营,但那里要半夜才开始营业。好了,你先付酒水钱,我去趟洗手间,顺便打听一下比格的下落。"

第五章
虎穴探险

邦德付了钱，等莱特回来后两个人离开了舞厅。

"我花了20美元。"莱特低声说，"有人说，比格今天晚上会去博雅德酒吧，就在伦诺克斯大道边上，离他的大本营很近。走，我们先去'应声虫'喝一杯，顺便在那儿听听钢琴曲，十二点半再走。"

那座电话交换机据点离邦德和莱特只有几个街区远，当他们进出每一个娱乐场所时，都会有人打电话报告。半夜时又有人打电话说他们进了"应声虫"。十二点半，当最后一个电话结束时，交换机变得安静下来。

比格用内线电话打给领班："有两个人，5分钟后要过来，安排他们在Z桌。"

"是，老板。"领班应道。他急忙穿过舞场，来到右边的一张桌子前。

一根宽大的廊柱正好把桌子挡住，但客人却能清楚地看到对面的乐队和舞场。此时两男两女正在桌子前。

"很抱歉，伙计们，"领班为难地说道，"出了点儿差错，这张桌子被预订了。"

四个人有些不满，其中一名男子开始和领班争论起来。

"伙计，换一下。"领班的语气不容置疑，然后叫来一个服务员，"洛夫蒂，安排客人坐F桌，上酒水，免单。"四个人一听是免单的，开心地跟着洛夫蒂走了。

一个服务员把Z桌收拾干净，铺上了两张桌布。领班在桌上放了"已预订"的牌子后，检查了一番，才回到帷帘入口处，坐到了领班专属的椅子上。

　　同时，比格又打了两个内线电话，一个打给舞场监督："舞蹈结束后把灯光全部关掉。"

　　"是，老板。"舞场监督回答道。

　　另一个电话比格打给在地下室里正玩色子的四个人。比格说得非常详细，电话持续了很长时间。

第六章 身陷密室中

邦德发现莱特就在对面,和在上面时一样,仍然隔着那张桌子,他的两只手臂也被一个彪形大汉紧紧抓着。他们现在正坐在一个封闭的小屋子里,这里还有四个穿着便装的人,手里拿着手枪,正盯着他们。

12点45分，邦德和莱特叫了一辆出租车，来到了大名鼎鼎的博雅德酒吧。

"这个破地方是'博雅德'？"邦德问。

"错不了！光看外表没什么，进去你就知道这地方有多棒了。"莱特说，"走吧，晚了可就看不到表演了。"

邦德跟在莱特身后，掀起又厚又重的门帘，强烈的音乐立刻从四面八方传来，年轻人尽情地跳着舞，调酒师则卖力地表演着他们的绝活。

见他们进来，领班迎上来问道："你们预订了位置吗？"

"没有，"莱特回答，"我们坐在哪儿都无所谓，只要有座位就行。"

领班拿起预订表，目光快速地扫了一眼，拿起铅笔点在表格最后一排，思考了几秒钟，最后在上面一画："Z桌的客人没有来，你们就坐那儿吧，二位，请这边走。"

高高举着预定表的领班，领着两人绕过拥挤的舞池，到了Z桌。领班拉出两把椅子，将"已预订"的牌子撤走。

"萨姆！"他朝附近的服务员说，"你来接待这两位先生。"

"来两杯苏打水和两个三明治。"莱特对服务员说道。而邦

德正在用那双锐利的眼睛，观察着屋子里的一切，迫切地想早点儿找到比格。

这里一点儿也不大，除了乐队表演的舞台和舞池外，其余的地方全是桌子。人们挤坐在一起，好像是一堆橄榄被塞进了大罐子里。

屋里又闷又热，空气里弥漫着烟味儿和汗味儿，还夹杂着近百人的体味儿。四周的噪声大得可怕，到处是兴奋的喊叫声，人们毫无顾忌地向远处的熟人大声打招呼："啊——亲爱的……"

"小伙子，这些日子你跑哪儿去了……"

"快过来……"

突然，"咚"的一声巨响，震惊了全场，同时也打断了邦德的观察。

现场所有人的目光都被吸引到了舞台上的鼓手身上。"咚！咚！咚！咚！咚刺嗒刺！咚刺嗒刺！"

紧接着，鼓手的手一扬，用强音加快变换着鼓点节奏，"咚！刺咚！嗒！咚！刺！咚！嗒！嗒嗒！"全场所有人都把手高高举过头顶，跟着节奏拍手，有的人还跟着节奏跳起了机械舞，引起了周围人群一阵又一阵的尖叫。

鼓手的脚鼓配合着军鼓打出强烈的节奏感，紧接着他手中的鼓棒以极快的速度敲击过每一个嗵鼓，强有力的节奏让人听了热血沸腾。只见鼓手抬起一只手，飞快地旋转着鼓棒，好像在炫耀自己一流的技术。

鼓点越来越密集……

现场所有人的心跳也跟着越来越快，鼓手一遍一遍地用着各

种不同的过鼓技巧,伴随着海浪翻滚式的节奏,像是给所有人注入了兴奋剂!

正当大家听得起劲儿时,声音戛然而止!

一个身材高大的人——舞场监督,穿着一身白色燕尾服,走到舞池中央,人群中立刻爆发出一阵嘘声,对他打断鼓手的表演十分不满。

"朋友们,"舞场监督扯着嗓子喊道,他的金牙在灯光下闪闪发亮,"刚才的架子鼓表演只是一道开胃菜,真正的盛宴即将开始,你们准备好了吗?"

一听说还有更精彩的表演,大家立刻又兴奋起来。

舞场监督转向舞池的左边,那正是莱特和邦德的正前方,他举起右手大声介绍:"朱格斯·杰斐特先生和他的鼓乐队。"

只见四个穿着火红色衬衫、白色条纹裤的人,分开两腿,跨在四个拱塔形大小不均的牛皮鼓上。跨在低音鼓上的人直起身子,两手抱成拳头,对着观众使劲儿地挥了挥。

"这些都是从海地来的巫毒鼓手。"莱特小声说道。

邦德没有回应,继续盯着那四个身材精壮的鼓手。

鼓手们开始运动指尖,敲击出伦巴节奏:缓慢,轻柔,连贯。

"现在,朋友们——"舞场监督的身子仍然面对鼓手,"有请苏门答腊……"他稍微顿了一顿,"舞——女——!"

一片兴奋的怒吼声和狂乱的掌声淹没了整个舞厅。

鼓手们身后突然打开了一道门,出来两个人,手里托着一个娇小的姑娘冲进舞池。

第六章
身陷密室中

　　两个人把姑娘托到舞池中央放下后,向两旁的观众深深地鞠躬,额头直挨到舞池的地面。姑娘挺直身子往前走了几步。这时,那两个人身上的灯光消失了,舞场监督也不见了,屋子里静悄悄的,只能听到轻轻的鼓乐声。

　　姑娘慢慢抬起头,张开双臂,裹在她身上的羽毛渐渐散开,原来是一对黑色的羽毛翅膀!

　　观众们屏住呼吸,目光紧紧地追逐着姑娘。鼓点节奏越来越快……

　　姑娘踩着节拍开始翩翩起舞,她的身体非常灵活,可以自由地旋转腾挪。有节奏的抖动从她的左指尖开始,传到肩膀后,又像波浪一样传到右指尖,完全没有刻意的动作。

　　鼓声越来越响,越来越快,不同的节奏交叉混合在一起。姑娘踮起脚,向后仰着头原地旋转。这时,她就像一只黑天鹅,在天空中自由地盘旋,婀娜的身姿和音乐融为一体。

　　鼓声阵阵,就像天空中的炸雷。鼓手们已经满头大汗了,他们灵巧的手不停地击打着鼓面,头则微微偏向一旁,像是在捕捉灵感。

　　观众们为姑娘大声地喝彩:"好!跳得太棒了!"

　　邦德莫名地感到有些紧张,他的手情不自禁地抓紧了桌布。

　　渐渐地,鼓点敲击的节奏慢了下来。姑娘轻轻地跪在地上,用手撑地,像是一只已经入睡的天鹅。接着,整个舞场陷入了一片黑暗之中!

　　邦德心里一惊,警惕起来。突然,他感到身体一轻,失重般地向下坠去……

"啪!"

在他头顶有什么东西响了一声,他伸出手胡乱摸了一把,却只碰到了一条腿,然后有人死死抓住了他的两只胳膊,让他在座椅上不能动弹。

"开灯。"一个低沉的声音说。

邦德发现莱特就在对面,和在上面时一样,仍然隔着那张桌子,他的两只手臂也被一个彪形大汉紧紧抓着。他们现在正坐在一个封闭的小屋子里,这里还有四个穿着便装的人,手里拿着手枪,正盯着他们。

邦德抬头往上看,隐约发现头顶有一个活动的天花板,上面没有任何声音传下来。

"放松点儿,伙计们,没想到吧?" 其中一人轻蔑地对他们一笑。

莱特铁青着脸,牙齿咬得咯咯作响,眼里闪着一股怒火,用力挣扎着身体,好像一头被激怒的狮子。邦德则努力让身体放松,等待事情的发展。

"你的名字?"还是刚才那个人在问话。他一副毫不在意的样子,手里把玩着一把精致的小手枪,枪把上还镶嵌着一颗珍珠。

"我猜,就是他,"抓着邦德手臂的人说道,"他脸上有疤。"那人死死地按住邦德的胳膊,邦德感到手臂上的血液已经不能流通了,两只手也渐渐失去了知觉。

拿着精致小手枪的人走近了一些,拿枪抵住了邦德的胸口,

第六章 身陷密室中

右手食指扣在扳机上。

"这么近你肯定打得中呀！"邦德嘲笑地说道。

"住嘴！"那人大吼一声。他熟练地用左手对邦德进行搜身，在他的腿、后背和两肋上来回摸了好几遍，都没有发现手枪。

邦德心里七上八下的，他心想，幸亏手臂被按着不能动，自己的枪还紧紧地在腋下夹着，可千万别被发现。

"笑仔，这个家伙你带上去。另一个我来处理。"拿着手枪的人对旁边的人说道。

"好嘞！"那个叫笑仔的人应道。他挺着个大肚子，穿着一件褐色的衬衫和一条淡紫色的条纹裤，看起来就像马戏团小丑。不！马戏团可不要这么胖的小丑。

笑仔把邦德从椅子上拽起来，邦德趁机使劲儿挣脱，桌上的餐具和玻璃杯被撞得东倒西歪，稀里哗啦地掉在地上。同时，邦德的脚绕过座椅，猛地向后反踢，只听"咔"的一声，邦德的脚后跟正踢中身后那人的胫骨。莱特也学着邦德，向后猛踢，但那人早就有了防范。屋子里顿时一片骚乱。

"砰！砰！"

屋子里有人朝着地面开了两枪，控制住了场面，抓着莱特的人像抓小孩儿一样，将莱特从椅子上抓了起来，又将他转向墙壁，撞了过去……

莱特的鼻子被撞得简直不能呼吸了，他痛苦地咧了咧嘴。

"你还是省省吧，别打肿脸充胖子了。"那个小头目说道，"把这个家伙带走，比格先生正等着他呢。"小头目又转向莱

特,"跟你的朋友告个别吧,以后你就看不见他了。"

邦德朝莱特勉强挤出一丝微笑:"谁说的?我们还约了警察两点钟在这儿见面呢!"

"枪毙前见。"莱特也朝邦德笑笑,那笑容别提有多难看了,"原来哈勒姆区还藏着这么一个地方,蒙拉汉专员会感兴趣的,再见。"

"少废话!"小头目吼道,"快走!"

笑仔把邦德的身子往后一转,脸朝着另一面墙壁,伸手在墙上轻快地敲出一连串的节奏,只听"咔嚓"一声,墙面缓缓向两侧移动,形成一道小门,里面是空荡荡的走廊。

笑仔押着邦德,踏了进去。

第七章 宝石的特异功能

比格扬起下巴对邦德说道:"这是一个不同寻常的姑娘,邦德先生。她在世界上独一无二,她是海地人,拥有一种神秘的心灵感应能力。"巨人比格停了停,又继续说,"我是想让你知道,在这里,如果你说谎就是自讨苦吃!"

空荡荡的走廊里回荡着"嗒嗒"的皮鞋声,邦德在脑中飞速地制订着计划:自己要全身而退,再去营救莱特,还真有些难办!

他们穿过了走廊尽头的铁门,又来到了一个通道,周围全是土,通道顶上挂着几个灯泡。之后他们进了一个大库房,里面整整齐齐地码着一排一排的箱子,邦德看到箱子上画着酒瓶——原来这儿是个酒库。在酒库没走多远,他们来到了一扇大铁门前。

笑仔按下电铃时,邦德猜想,他们至少走了一个街区,离酒吧一个街区远的地方,会是哪里呢?

这时,响起了门闩滑动的声音,是从门的另一侧传出来的。门打开了,一个穿着晚礼服的人拿着枪,把他们带到了一个铺着地毯的门厅。

"把他带进去,笑仔。"穿晚礼服的人说。

笑仔先敲了敲里屋的门,然后将邦德推搡进屋里。邦德一进屋,目光和对面的人正好对上。那人坐在一把真皮靠椅上,面前摆了一张宽大的书桌。

"早上好啊,詹姆斯·邦德先生。"那个人用低沉而柔和的声音说道,"请坐。"

笑仔把邦德押到书桌前,将他按坐在一把扶手椅上。邦德偷

第七章
宝石的特异功能

偷踢了踢椅子腿，猜想这应该是一把钢椅，一会儿也许会派上用场。而自己对面坐着的，就是比格吧？终于看见庐山真面目了。

"笑仔，这里没你的事了。"比格开口说道。

"是，老板。"笑仔得到命令后，瞪了邦德一眼，转身走出了屋子。

胳膊终于放松了！邦德的手臂自由地垂在两边，重新感受着血液在血管中畅通无阻地流淌。

邦德打量着比格，只见他的双肩又宽又厚，短粗的脖子上顶着一颗又大又圆的头颅。头顶光秃秃的，一根头发也没有，活像一只滚圆的皮球。比格的皮肤呈灰黑色，给人一种不健康的感觉。他没有眉毛和睫毛，显得额头异常光滑饱满。由于他两只眼睛间距过大，以至于邦德的目光一次只能对上他的一只眼睛。他的眼睛看起来就像是一只猛兽的眼睛。此刻，那双眼睛正紧紧地盯着邦德，像要把他吞掉一样。

和其他人不太一样，他的鼻头很宽，两旁有深深的印迹。嘴唇又黑又厚，像是两根香肠，还微微向外翻着。开口说话时，露出两排坚硬的牙齿和粉红色的牙龈，活像鲨鱼张开血盆大口，令人不寒而栗。

今天，比格穿了一身晚礼服。衣服的胸口和袖口都密集地镶嵌着一颗颗的小钻石，小钻石闪闪发亮，让比格从头到脚看上去十分协调。

邦德心想：眼前的他和照片中的比格简直是天壤之别啊！照片里的比格可没有这么清晰的五官。

邦德吸吸鼻子，发现桌面上摆着一根细长的皮鞭和一个通话

器。但最吸引邦德眼球的还是那座雕像。虽然邦德对巫毒组织了解不多，但他记得在《旅行者之树》里读到过关于雕像的描写。一个5英尺（约1.5米）高的十字架插在底座上，十字架横木上罩着一件破布，左边横木下面支着一根手杖。一顶草帽搭在十字架顶上，白色的底座旁边还放着一副手套。

巨人比格纹丝不动，一声不吭，邦德毫不畏惧地跟他对视着，心里想：谁怕谁呀？哼！

邦德看了一圈屋子，没有找到门。屋子里四周全是书架，上面摆满了书。整个屋子宽敞、舒适、安静，还真像是百万富翁的书房！但说不定哪本书就是机关，稍微一动，就能找到出口。

这时，邦德注意到，虽然那对眼睛还在盯着自己，但早就没有了刚才的杀气。邦德想，此刻，比格一定是在走神，看起来心不在焉的。

邦德的胳膊恢复了知觉，他趁机掏出腋下的手枪。

巨人比格突然开腔了："邦德先生，你要吸烟可以，可是你如果还有什么其他打算，写字台上的锁眼就是专门为你准备的。"

邦德暗暗咒骂了一声，怪自己太轻敌了。但他还是弯腰凑上去看了看。还真有个锁眼，邦德紧皱着眉头，舔了一下发干的嘴唇，食指不停地敲打着椅子扶手。

"啊，我知道了！发射按钮一定就是写字台下面的踏板。"邦德心想，"只有这样，比格才能在危急关头要了我的命。"

邦德又重新坐回到椅子上，在心里打起了小算盘。他不信比格敢杀死自己。如果自己被干掉了，那莱特也活不了。如果中央

第七章 宝石的特异功能

情报局和联邦调查局损失了两员大将，那必定会与比格撕破脸皮，到时候比格可就吃不了兜着走了！但现在，邦德担心的是莱特，不知道那帮人会怎么折磨他。

巨人比格又开始翕动他的嘴："邦德先生，我自从退役之后就没再和特工打过交道了，但我听说，你是特工里的尖子。如果我的消息没错，你的代号里有两个零——007。这两个零意味着来无影去无踪，现在的特工里，这样的人少得可怜。那么邦德先生，这一次，你是来取谁的性命的呢？先让我猜一猜，嗯……该不会是我吧？"

比格的声音浑厚低沉，口音像是美语和法语的混合腔，但说的话就像教科书一样，十分准确，没有一点儿错误。

邦德一声不吭，脸色很难看，眉头拧成了个疙瘩。显然，那个组织对他的情况了如指掌。

"邦德先生，你现在必须回答我的问题。你和你朋友的小命可全都握在你的手里，是生是死就看你的表现了。你可别想着跟我耍滑头，我一眼就能识破你的谎话！"

邦德十分相信比格说的话，于是，他编了一个毫无破绽，但却能掩盖真相的故事。他说："目前，美国市面上出现了爱德华四世时的罗斯诺布尔金币，有些就是从哈勒姆区流出去的。美国财政部认为，金币的源头在英国，所以调我来协助侦破。我来哈勒姆就是为这个，我那位朋友是财政部的。"

"噢，莱特先生可不是财政部的，他是中央情报局的人。"比格不动声色地反驳着，"现在他的小命应该快没了。"

"笑仔！"比格向门外喊了一声。

"是,老板!"笑仔推门进来。

"把邦德先生捆到椅子上,他太不老实了。"

邦德立即开始挣扎。

"别动,邦德先生。"比格仍然沉稳地说,"要是你乖乖地听话,兴许我还能饶你一命!"

听到比格这么威胁自己,邦德胸中立刻燃起一团怒火,恨不得马上喷出来,把这个大怪物烧得连渣都不剩!但一想到莱特,邦德还是坐回到椅子上了。还没等他坐稳,一根粗绳就把他跟椅背套在了一起,还绕了两三圈。接着,他的两只手腕也没能幸免,都被绑在了椅子扶手上。然后,笑仔又用两根绳子把他的脚踝捆到了一起。邦德就像是菜板上的肉,只能任由比格处置了。

比格按下电话:"请宝石小姐进来。"

写字台右边的书架突然变成两半,一个姑娘从里面轻轻地走了出来。

比格扬起下巴对邦德说道:"这是一个不同寻常的姑娘,邦德先生。她在世界上独一无二,她是海地人,拥有一种神秘的心灵感应能力。"巨人比格停了停,又继续说,"我是想让你知道,在这里,如果你说谎就是自讨苦吃!"

"宝石,拿一把椅子过来。"比格温和地说,"告诉我,这个男人说的是真话还是假话。"

宝石姑娘抿着嘴不说话,默默地从墙边拉过一把椅子,坐到邦德对面。

"离写字台远一点儿,我怕子弹会误伤了你。"比格温柔地提醒宝石姑娘。

第七章 宝石的特异功能

宝石姑娘坐下了,她静静地盯着邦德的双眼。

邦德看着宝石姑娘,她的脸色有些苍白,高高的颧骨和挺直的鼻子显露出她坚强的个性。她的两片嘴唇薄薄的,下巴十分光滑,颈部的曲线看起来很优美,弯弯的柳叶眉下,长长的睫毛微微地颤动着。她盯着邦德,大眼睛眨巴着,像是在和邦德秘密交流着什么……

她到底是谁?

是比格的同伙吗?

还是中央情报局的卧底?

一连串的疑问蹦到邦德脑袋里,宝石姑娘一动不动地盯着邦德,邦德好像看宝石姑娘看得入了迷,整个人都容光焕发了起来!

比格看到这一幕,气得拿起桌上的皮鞭,在空中一滑,狠狠地打在宝石姑娘的肩上:"坐好。"接着又缓缓地说道,"别忘了你的身份。"

宝石姑娘迅速把眼中的怒火藏起来,她不想惹恼比格,但这一切都被邦德尽收眼底。宝石姑娘慢慢将身子坐直,拿起一副扑克牌,盯着邦德看了两秒后,开始熟练地洗牌。

虽然两秒钟极为短暂,但在那一瞬间邦德像中了彩票一样激动!说不定,在敌人的阵营里还有他的战友!

她在膝上摆了红心老K和一张黑桃皇后,然后把它们合到一块儿,让它们相对。接着,她上下翻动扑克牌,又开始洗牌,再没有看邦德一眼。

"准备好了吗,宝石?"比格问宝石姑娘。

"准备好了。"姑娘冷冷地回答,语气里没有一丝感情。

"邦德先生,现在你好好看着宝石姑娘的眼睛,把你到这儿的目的再说一遍。"比格说。

邦德盯着宝石姑娘的眼睛,没有从中发现别的信息。宝石姑娘根本没看他。邦德把之前的那套说辞又说了一遍,心里七上八下的,还是有些担心。难道这个姑娘真的知道他说的话是真的还是假的?

屋子里很安静,连一根针掉在地上的声音都能听得清清楚楚。邦德尽量让自己看起来很自然,很放松。他一会儿抬头看看天花板,一会儿又看看宝石姑娘。

最后,他和宝石姑娘的目光终于相遇了!邦德看着她,再也装不下去了,眼神中满是焦急。宝石姑娘眨了一下眼,然后转过头,对巨人比格冷冷地说道:"他说的是真话。"

第八章　突出重围

邦德又痛得叫了起来："哎呀！我的胳膊断了，我快晕过去了！"他想起了自己还有一把手枪，又想起了莱特的忠告："打胫骨、腹部、肚子、颈部。如果打别的部位，你的手非折断了不可。"

邦德听到宝石姑娘的回答,简直欣喜若狂!

比格听到答案后,想了一会儿,又伸手按下了电话说:"是长舌福林吗?"

"是我,老板。"

"你现在是不是还押着那个叫莱特的美国人?"

"是的。"

"好好收拾他一顿,然后把他扔到贝利弗医院附近,懂了吗?"

"懂了。"

"不要让别人看见。"比格放心不下,又嘱咐了一句。

"是。"电话那头的人回答道。

"你们这些吃人不吐骨头的凶手!"邦德愤怒地吼道,"中央情报局和联邦调查局马上就会来找你们算账,你们就等着吧!"

"邦德先生,我和他们本来就是水火不容。"比格笑着说,"笑仔,你过来。"

"是,老板。"笑仔走到写字台前。

比格的眼睛盯着邦德:"你用得最少的是哪一根手指头,邦德先生?"

第八章 突出重围

这个问题让邦德有点儿摸不着头脑,他竭力想猜出比格这句话的目的。

"我想,你的回答是左手的小指吧?"比格悠闲地问道。然后,他向笑仔示意了一下。

笑仔摇头晃脑,得意扬扬地来到邦德身边,抓住邦德被紧绑住的左手,嘴里发出神经质般的傻笑声。邦德此时才明白,为什么这个人被人称为"笑仔"了。

"嘿嘿……"笑仔一边傻乎乎地笑着,一边用力地扳邦德左手的小指。

邦德使出吃奶的力气把手攥成拳头,拼命扭动着身体,想从椅子上逃跑。

但笑仔的另一只手死死地按住椅背,把他摁在原地。

一连串的汗珠从邦德的额头上滚了下来,他看到一旁的宝石姑娘恐惧地睁大双眼,微微张着嘴唇。

邦德很快就疼得晕了过去,宝石姑娘呆呆地坐在椅子里,双眼紧紧地闭着。

"他身上带枪了没有?"巨人比格问道。

"我们刚才搜过了,没有带枪。"笑仔回答。

"一群蠢货!他怎么可能不带枪,再给我搜!"比格下令。

经过刚才的挣扎,邦德的枪已经被挤到了胸前。笑仔一搜,果然摸到了硬邦邦的东西。他赶紧解开邦德的外套,把枪拿了出来。

"老板,找到了!这小子把枪藏在腋下了,怪不得我们没找到,还是您英明!"笑仔一边把手枪送到比格手里,一边拍着比

格的马屁。

宝石姑娘听到笑仔的话,把头埋得更低了。

比格拿着手枪,掂了掂重量,打量着枪身,又摸了摸它的骨质握把。然后,他把子弹全部退出来,又把枪给邦德放了回去。

"弄醒他。"比格说着,看了一眼腕上的手表。已经凌晨3点了。

笑仔来到椅子背后,用指甲使劲儿掐邦德的两只耳垂。

"啊——"邦德疼得大叫一声,睁开眼睛盯着比格,恶狠狠地咒骂着。

"谢天谢地,你还没死。"巨人比格冷酷地说,"你要是死了,这个游戏可就没意思了。"

这个狂妄自大的家伙!邦德心中暗暗骂道。他一边听比格说话,一边在暗自制订逃生计划。

"邦德先生,我现在追求的是完美,就这么让你死的话,太便宜你了,我要让你死得别出心裁。"比格停下来,指了指书桌上的锁眼,"它已经让很多人吃过苦头了,但是我没有对你这样做,因为你和他们不一样,子弹就是在你的肚子上穿个洞,你都不会有任何感觉。

"由于各种各样的原因,目前我心里还牵挂着其他的事情。"巨人比格看着他的手表说,"因此,我决定放了你们。但我警告你,出去之后,你赶紧滚回英国;至于那个莱特,别让我再看见他。要是让我再见到你们,你们可就不会这么幸运了!笑仔,把他带到车库,再叫两个人押他去中央公园,扔进喷水池里。要是他敢反抗,就给我好好教训他,不过得给他留条命。听

第八章 突出重围

明白了吗?"

"明白了,老板。"笑仔一边回答,一边嘿嘿傻笑。他蹲下,解开邦德脚踝上的绳索,又松开了邦德的手腕。把邦德受伤的手臂用力扭到后背上,另一只手解开邦德腰部的绳索,然后在邦德脚上狠狠踢了一下。

"起来!"笑仔吼了一声。

邦德的目光紧紧地盯住比格那黑灰色的脸,一字一顿地说道:"天网恢恢,疏而不漏,你记住了!"

邦德又看向宝石姑娘。宝石姑娘低着头,把双手放在大腿上,右手只露出拇指和食指,左手则来回地抚摸着自己的右手。

"快走,你磨蹭什么呢!"笑仔大声呵斥。他将邦德从椅子上拽起来,用力反拧邦德的胳膊,弄得邦德胳膊都快脱臼了。邦德大叫了一声,身子摇摇晃晃,他想让笑仔觉得他已经害怕了,这样就可以减轻点儿折磨。

笑仔一只手越过邦德的肩头,按住了书架上的一本书,邦德面前立刻出现了一道门。笑仔推着邦德出去,然后用脚使劲儿把门踢了回去。

"啪!嗒!"响过两声,门重重地关上了。邦德推测,门的厚度完全可以隔音。他们的面前是一条不太长的过道,铺着地毯,一直延伸到下面的台阶。

邦德又痛得叫了起来:"哎呀!我的胳膊要断了,我快晕过去了!"他想起了自己还有一把手枪,又想起了莱特的忠告:"打胫骨、腹部、肚子、颈部。如果打别的部位,你的手非折断了不可。"

"住嘴!"身后的笑仔吼了一声,但同时也松了松按在邦德后背上的手。

这就是邦德的目的。

两个人刚走到过道的一半,眼看就要走到楼梯上了。邦德又打了个跟跄,身子碰到了笑仔的身上,他想借机搞清楚笑仔的具体位置。这样,无论是在距离上还是方向上,邦德都已经了解清楚了。

就在一瞬间,邦德拱起后背,用最大力气伸直后背上的手臂,一声闷响,击中了目标。

被打的笑仔像被踩了尾巴的黑猫,尖叫了一声。

邦德顿时感到自己双手轻松了。他迅速转过身来,右手拔出手枪,扣动扳机。

"咔咔,咔咔。"

"咦?怎么回事?子弹呢?"邦德顿时有些慌乱。

笑仔见状,一边幸灾乐祸,一边掏出了手枪。

邦德恍然大悟!

说时迟那时快,他立刻用枪对着笑仔的脑袋使劲儿砸去,笑仔疼得捂住头倒在地上蜷成一团。

邦德转到他身后,用尽全身力气,抬起他那加了钢衬的鞋尖,狠狠地踢了笑仔的屁股一脚。

"啊——"笑仔发出了一声尖叫,脑袋"砰"的一声撞到了铁护栏上,手脚胡乱地扭在一起,从阶梯上滚了下去。

邦德赶紧跟上去,又踢了一脚,笑仔就像个大土豆一样滚下了台阶,"砰"地一下重重地摔到了地上。

第八章
突出重围

邦德胡乱抹了一把脸上的汗，呼哧呼哧喘着粗气，站在那儿侧耳倾听，看还有没有其他的声音。

他左手的小拇指肿得有原来两倍粗，带得整个左手生疼。他将左手小心翼翼地揣进怀里，右手拿着枪，来到楼梯口，蹑手蹑脚地走下了阶梯。

笑仔伸着四肢，仰着躺在地上，看那模样即使没有死也活不了多久了。

邦德冷笑一声，在笑仔身上快速搜了一遍后，从笑仔裤腰上抽出了一支手枪。这次邦德长了记性，他先退出弹夹，确认装有子弹，然后才把自己的手枪装回枪套。

邦德继续向前走，看到了一道小门。他轻轻地把耳朵贴在门上，里面传来一阵模糊的引擎声。他估计这里肯定是车库了，比格应该已经通知了他手下的人，说笑仔正带着邦德下楼。他们一定正在纳闷笑仔怎么还没有来。说不定他们正盯着门口，就等着笑仔开门呢。

邦德设想了一下，他的优势是突袭，只要门没有卡死就行了。他的左手几乎一点儿劲儿都没有，只能用右手拿枪。这是一个下压开门的把手，于是他用左手用尽全力。

"嗒！"门动了！

邦德屏住呼吸，一动不动，生怕开门声把自己暴露了。僵持了几秒后，他悄无声息地将门拉开了一条缝，立刻清晰地听到了引擎低声咆哮的声音。

根据声音判断，汽车就在门外，他不能再动了，否则外面的人就会发现他。

只能速战速决了！

邦德将门猛地拉开，只见一辆黑色轿车正发动着引擎，车头对着车库门，离自己只有几米远，而且车库的门完全敞开着。一个彪形大汉坐在驾驶室里，另一个人倚靠在后车门上。

车库里只有两个人！

一看到邦德，驾驶座上的彪形大汉吓得急忙伸手掏手枪。就在那一瞬间，邦德抬手扣动了扳机。

"砰！"

炸雷般的枪声在车库里响了起来。

靠在后车门上的人两手捂住胸口，踉踉跄跄地向邦德迈了几步，咕咚一声栽在了地上，手枪也掉了，发出叮当的金属响声。邦德的第六感告诉自己，这个人会先掏出枪来，所以只好先送他下地狱了！

邦德又立即把枪对准了车里的人，吓得那人"哎呀"一声大叫。

因为有方向盘挡着，那人掏枪的手还没拿出来呢。邦德瞄准那张尖叫的大嘴，干净利索地扣动了扳机，那人的头一下子栽到了方向盘上。

邦德立刻跑到汽车那里，拉开车门，将那人的尸体拽下车，扔到了地上。然后他坐到驾驶座上，"砰"地关上车门，把受伤的左手放到方向盘上，一脚油门，汽车便"噌"地一下蹿出了车库大门，开到了马路上。

"砰砰！砰砰砰砰！"周围响起了枪声。

刚开上马路，车身就被一颗子弹打中了，邦德连忙把方向盘

第八章 突出重围

向左转。看来已经有人发现他逃跑了。

"砰!"

又一声枪响,但是打偏了。街对面的一块玻璃被打得粉碎。

邦德继续开车狂飙,完全不知道自己现在在哪儿,该往哪儿开。这里就是一条普普通通的街道,没有什么特别,他只好漫无目的地开。

左手的手指钻心地疼,但邦德咬紧牙关,用拇指和食指帮助右手把住方向盘。

此时已经夜深人静,只能看到暖气管溢出的白色气雾,从沥青路的下水道口升腾起来。

他开车穿过那团白雾,把它们撞散,然后从后视镜上,看到它们又慢慢聚集起来……

他放稳车速,闯过几个路口的红灯,来到了一条有灯光的大道上。他感到每过一个街口就离敌人远了一步。在一个十字路口,他放缓车速,抬头去看路旁的指示牌,发现自己现在在第一百一十六街区。在第二个路口,他又看到路旁写着第一百一十五街区。这说明他已经离哈勒姆区越来越远,正驶向市中心。

他继续开车飞奔,到第六十街区时,他突然猛地刹住了车,望了望四周,一切都静悄悄的,连个影子都没有。他把车停到一个消防栓旁边,下了车往前走了几条街。他招手喊来一辆出租车,几分钟后,他回到了瑞吉酒店。

"邦德先生,有人给你留了个口信。"见邦德回来了,饭店值夜班的服务员说道。

邦德侧着身子，挡住自己的左手，用右手打开纸条。这是莱特留下的！落款时间是凌晨4点，上面只有一句话："速回电！"

邦德火速乘电梯回到他的2100房间，开门进了客厅跌坐在电话机旁的椅子上，拿起话筒，按下了莱特的电话号码。

第九章 究竟是敌是友

邦德的大脑里飞速地浮现出了几个问题：她是偷偷跑出去打的电话吗？还是在她房里拨了号码？此时此刻，比格会不会正在监听他们的谈话？或者，说不定她正和比格坐在一起。

"喂？邦德，是你吗？谢天谢地，你终于给我打电话了，你怎么样，伤得重吗？"还没等邦德开口，莱特的问题就像连珠炮似的蹦了出来。

邦德拉下领带，把衬衣的领扣解开。"断了根指头，"邦德回答，"你怎么样？"

"我啊，挨了一闷棍，然后被甩到了街上，没什么大事。一开始，他们变着法儿地整我，说要把我绑到空气压缩机上，震聋我的耳朵。"莱特开始滔滔不绝地说起自己的经历，"但是没有比格发话，他们也不敢动我。后来他们等得不耐烦了，就开始和我一起聊天。你猜怎么着？我和长舌福林，就是一开始拿枪指着你的那个，聊起了爵士乐！他竟然也喜欢埃灵顿公爵乐队，于是我们突然成了朋友。还有另一个人，我听别人叫他弗兰内尔，他根本不懂爵士乐，于是长舌福林就把他打发走了，省得他扫兴。不一会儿，巨人比格来电话了。"

"比格打电话时我在场，听上去没发脾气。"邦德一边说着，一边脱掉身上的外衣。他左手的小拇指还是向上翘起，都变成紫黑色了，邦德脱外套的时候不小心碰了小拇指一下，痛得他龇牙咧嘴。

"长舌福林接了电话以后就坐不住了，一直在屋里转来转

第九章 究竟是敌是友

去,还自言自语。我还没反应过来,他就拎起一根棍子,打了我一下。我醒过来的时候已经三点半左右了,长舌福林把车开到了医院,对我说只有把我打昏才能帮我。我相信他说的是真话。他还要我保密,说他回去就跟比格说他把我打得半死后扔掉了。"

莱特越说越兴奋: "'当然',我向他保证说,比格会知道我已经半死不活的了。然后我到医院急诊室简单检查了一番,没什么事情就回家了。我一直提心吊胆,怕你会出意外。直到警察局和联邦调查局给我打来电话,告诉我比格打电话报案,说是今天凌晨不知是哪个疯子把他们家的司机打死了。他还大吵大闹,要警方给他一个交代。我讲完了,快给我讲讲你是怎么逃出来的吧!"

邦德详细地讲了一遍自己的经历,一个细节也没漏掉。莱特听完之后,在电话里吹了一声长长的口哨。

"小伙子,"莱特由衷地赞叹道,"你这是在比格的老窝里放了颗定时炸弹呀!你真是走了狗屎运,那位宝石姑娘对你有救命之恩,你看我们能把她争取过来吗?"

"我一开始以为她是咱们自己的人呢。照你这么说,她不是我们的卧底。"邦德有些失望,"不过,只要我能接近她,我就有把握说服她!"

"这个问题咱们得从长计议。"莱特说,"现在,我要先给军队的医院打个电话,让他们派个军医给你做个检查,然后再安排警察局处理比格报案的事。你最好也跟伦敦的上司打个招呼,让他知道你已经安全了,等会儿我再给你打电话。"

莱特挂了电话后,邦德忍不住笑了几声。他很高兴能再次听

到莱特的声音,有他去处理乱七八糟的小事情,自己可省心多了。

邦德脱了衣服,舒舒服服地泡了个热水澡,刮完胡子后,他重新套上宽松的衬衫和裤子,把贝雷塔手枪装满子弹,放进了自己的手提箱里。

他拿起电话,拨通了特工专线,接线员柔和的声音从话筒中传出来:"环球电话交换台,请问有什么可以帮您的吗?"

"转接伦敦,谢谢。"邦德礼貌地说。

"请您稍等。"接线员赶忙把电话转接到了伦敦。

"喂?"电话里传来了M局长的声音。

"先生,我是詹姆斯·邦德,"邦德挠挠头,有些不好意思,"我这里有点儿小麻烦。"

"说吧。"

"昨天晚上,我去拜访了一号客人,"邦德打着暗语,"他的三个助手病倒了。"

"病得重吗?"电话里问。

"已经病入膏肓了,"邦德回答,"那儿正盛行流感。"

"你没有被传染上吧?"M局长关心地问。

"我只是感觉有点儿冷,没什么大问题。"邦德说,"但是同盟会的人说,城里流感太严重了,要我和费利希亚出去躲一躲。"

"谁?"M局长不解地问。

"费利希亚。"邦德又重复了一遍,"我的新秘书,从华盛顿来的。"

第九章 究竟是敌是友

"哦,知道了。"M局长又问,"生意谈得怎么样?"

"谈得差不多了,还剩一些细节,要好好讨论一下。"邦德回答。

"那好,你自己多保重。"局长嘱咐邦德。

"谢谢先生,再见!"

邦德放下电话,嘿嘿一笑。可是,远在伦敦的M局长却放心不下邦德,于是把自己的秘书叫进办公室说:"007遇到麻烦了,那个臭小子昨天晚上去了哈勒姆区,干掉了三个比格的手下,自己也被反咬了一口,不过伤得不重。但是比格揪着这件事不放,把他和中央情报局的莱特推到了风口浪尖,他们要出去避避风头。你赶紧通知A情报站和C情报站,让他们派人暗中保护007。"

"我马上去办,局长。"秘书的回答干净利落。

"对了,还有,你得给联邦调查局打个电话,就说007这次的行动完全是出于自我保护,以后不会再发生类似事件了,明白了吗?"

"明白了,局长。"秘书转身离开了办公室。

莱特在美国还不知道M局长为他做的安排呢!

这时,邦德屋子里的电话又响了,他拿起话筒,"你听着,"莱特的语气有些严肃,"你干掉的那三个家伙是比格的得力助手——笑仔约翰逊、萨姆·迈阿密,还有一个叫麦克林,警察找了些借口在搪塞外界。联邦调查局认为你的行动太鲁莽了,大发雷霆,不过幸好有人替你说了好话。接下来我们要赶快去彼得斯堡,我都安排好了,你坐火车,我乘飞机。你找张纸,把我

说的记下来。"

邦德用头和肩膀夹着电话筒,伸手拿过纸笔:"说吧。"

"今天上午十点半,到宾夕法尼亚火车站,第14号站台,找'银色幻影'号火车。这是一列直达火车,经过华盛顿、杰克逊维尔和坦帕。我给你订了第245号车厢,H包厢。上车以后乘务员会把票给你。你的化名是布赖斯,进了H包厢以后就不要再出来。一小时之内,我会乘飞机出发。如果路上遇到麻烦,就给德克斯特打电话,不过你要有思想准备啊,你在哈勒姆区给他闯了那么大的祸,他巴不得好好修理你一顿呢。"

莱特接着说:"到了目的地以后,叫一辆出租车去金银岛,那儿有很多海滩饭店。然后和我们在彼得斯堡的人联系,有人会替你安排的。"

莱特停了一下:"我在那儿等你,知道了吗?我再提醒你一次,可千万别再出风头了,比格的'眼睛'正在满世界地找你呢,瑞吉酒店已经被盯上了。记住了吗?我的大特工!"

"听起来这计划还行。"邦德也不理会莱特拿他开心,"我已经和M局长通过电话了,你放心吧。你自己也要多加小心,兄弟。"邦德停顿了一下又说,"在他们的名单上,除了我,下一个就是你了。"

"我会小心的,"莱特说,"保重!"

一转眼已经六点半了,邦德拉开窗帘,天边的鱼肚白正缓缓上升,太阳只是悄悄露出了一点儿光亮,就把摩天大楼的顶层染成了粉红色。

第九章 究竟是敌是友

"咚咚咚!"有人敲门。

邦德打开门,看见医生拎着药箱站在门口,便请他进来给自己检查,他的左手快疼死了!

"小手指骨折了,"医生说道,"要养些日子才能好,怎么搞的?"

"让门挤的。"邦德撒了个谎。

"那以后离门远点儿。"医生知道邦德在撒谎,"你很幸运,门没卡住你脖子。"

"嘿嘿,那哪儿能呢。"邦德讪讪地笑了两声。

送走医生,邦德立刻开始麻利地收拾行李,一阵电话铃声打断了他。邦德深吸一口气,对自己说:"没关系,德克斯特最多也就是吼两句,忍一忍就过去了。"

可拿起电话一听,结果出乎邦德的预料。

"你好,我要找邦德先生。"是个姑娘的声音,语气里透着焦急。

"谁找他?"邦德问。他想拖延一下时间,猜一猜对方是谁。

"我知道你就是邦德。"姑娘低声说。

邦德可以判断,对方是贴着话筒在讲话。

"我是宝石姑娘。"电话里的声音非常小。

邦德的大脑里飞速地浮现出了几个问题:她是偷偷跑出去打的电话吗?还是在她房里拨了号码?此时此刻,比格会不会正在监听他们的谈话?或者,说不定她正和比格坐在一起。

"听着,"宝石姑娘说道,"我的时间有限,你必须要相信

我，我现在躲在一家杂货店里，而且马上就要回到比格那里。请千万相信我！"

邦德用手背抹了一把额头上的汗："如果我能见到邦德先生，你有什么要我转达的吗？"邦德不想让她知道自己的身份。

"哦，你真是个浑蛋！"宝石姑娘气急败坏地说，"我发毒誓，我真的没骗你，我也想逃出去，我知道比格的很多秘密，你要是带上我的话，我肯定能帮得上你。再说了，之前我已经帮过你一次了，你还不相信我吗？"她有些夸张地抽泣了一声，显得有些害怕，"求求你了，你一定要相信我！我是冒着生命危险在给你打电话，求求你了，快把我救出去吧！"

邦德还是没有说话，他的脑子里在飞快地思索救宝石姑娘这件事。

"听着，"宝石姑娘又开口说道，但声音变得干巴巴的，几乎充满了绝望，"你要是不带上我，我就去死！难道你忍心让我死吗？"

邦德心想：如果这是在演戏，那演技也太好了。万一是真的，我就能救人一命；可万一是假的……邦德犹豫了一番后终于下了决心："宝石小姐，要是你骗了我，你的下场会比比格那三个手下还惨。"

"不会的！"宝石姑娘破涕为笑。

"你能找到纸和笔吗？"

"等等，"宝石姑娘很激动地回答，"找到了，说吧。"

邦德对着话筒急切地说："今天10点20分，准时到宾夕法尼亚火车站，找'银色幻影'号火车，到……"邦德略一犹豫，

第九章
究竟是敌是友

把目的地改了。

"到华盛顿。245号车厢，H包厢。你就说你是布赖斯太太。如果我不在，乘务员那里有车票。记住，直接到H包厢里等我。记住了吗？"

"记住了。"宝石姑娘激动地说，"谢谢你，谢谢！"

"别让人看见。"邦德提醒道，"蒙个面纱或戴点儿别的什么东西。"

"我会的，"宝石姑娘答道，"我必须得走了，再见。"说完，她挂断了电话。

邦德看了一眼还在响的话筒，把它放回到电话机上。"好了，"他自言自语地大声说道，"这下不是你死，就是我活了。"

邦德说完，伸了个懒腰，又抬手看了看表，7点30分。他拿起电话叫了早餐。

"这里是服务台，早上好。"电话里传来了悦耳的问候。

"我要订早餐，2100房间。"邦德说，"要双份菠萝汁、玉米羹、奶油、焙烤蛋和熏肉，两杯咖啡，再来点儿烤面包和橘子果酱。"

"好的先生，请您稍等，马上为您送过去。"

"谢谢你。"邦德礼貌地回答。

"不用谢，这是我们应该做的。"

放下电话，邦德脑子里闪过一句话："人死之前总得饱餐一顿。"

趁早餐还没送来，邦德半个身子蜷缩在沙发里，准备小睡一

会儿。

　　此时，在哈勒姆区，那个只剩半边肺叶的接线员正手忙脚乱，不停地接电话、打电话。比格手下的"眼睛"接到了命令："盯住所有的火车站和机场，监视瑞吉酒店的所有出口。"

　　这群"眼睛"，正游荡在纽约市的大街小巷，等待着目标的出现……

第十章 "银色幻影"号

看到宝石姑娘离开,他赶紧对邦德说:"当然有,布赖斯先生。这车上有人想要了你的命!但我只能说这么多,你千万要当心,有人盯上你了。那家伙是个恶棍,你最好拿上这个。"乘务员说着从口袋里掏出两个木楔子。

9点45分,邦德拿上手提箱,穿了一件大雨衣,走出了2100房间。他顺着顶楼通道,爬上瑞吉酒店的房顶。

瑞吉酒店和瑞吉购物大厦只隔着一条窄窄的马路。邦德把行李箱扔到瑞吉购物大厦的房顶上,自己则迅速向后退去。接着,他开始全力冲刺,到楼顶边缘时跳了起来。他身体稍前倾,在快要落下时,一个前滚翻,稳稳地落在了瑞吉购物大厦的房顶上。

邦德站起来,拍拍身上的尘土,捡起手提箱,顺着楼顶通道进入购物大厦里。他守在大厦门口,看到一辆出租车开过来,便立刻冲下台阶,弯腰钻进车子里。出租车还没停稳就又开走了。

"哼!想要抓住我,你们还嫩了点儿。"逃过了比格的第一批"眼睛",邦德扬扬得意起来。

10点10分,邦德到了宾夕法尼亚车站。他竖起雨衣的领子,低着头,快步走向候车大厅。这时,他突然迎面撞上了一个外国人,邦德不想和他纠缠,说了声抱歉,然后继续赶路。外国人提着柳条篮子,一路小跑到火车站电话亭。

现在距开车时间还有15分钟。这时,有一位乘务员突然说自己生病了,想和同事换班。新的乘务员已经得到了比格的命令。列车长觉得这事有点儿蹊跷,但新的乘务员只说了两个字,列车长就愤愤地翻了翻白眼,没有吭声,转身走了。

第十章 "银色幻影"号

邦德大步穿过候车厅,迅速走进14号站台,找到"银色幻影"号火车。因为是始发站,所以乘客很少,他的皮鞋踩在空旷的站台上,发出"笃笃"的声响。他来到245号车厢前,车门口站着一个戴眼镜的乘务员。

"H包厢。"邦德朝乘务员说道。

"是布赖斯先生的车厢吗?对了,布赖斯太太刚上车。"

邦德微微点头,朝乘务员礼貌地一笑,上了火车。火车走廊里铺着厚厚的地毯,车厢里弥散着雪茄烟味儿。提示牌上写着:如果您有任何要求,请按铃叫车厢乘务员,他的名字是塞缪尔·鲍德温。

H包厢在整节车厢的中部。整节车厢里,除了E包厢有一对男女外,别的包厢里一个人也没有。走到门口,邦德见H包厢的门紧闭着。他试着伸手一推,没有推开。

"是谁?"里面传出一个颤抖的声音。

"是我。"邦德答道。

"吱——"门开了。

邦德走了进去,随手关上门,又插上门闩。宝石姑娘穿着一身笔挺的西装,戴着一副白手套。头上有一顶小草帽,帽檐下垂着一层面纱。她脸色苍白,一只手捂在脖子上,两只眼睛睁得大大的,眼神里充满了恐惧。

"谢天谢地,你终于来了!"宝石姑娘说道。

邦德扫视了一眼包厢,接着又推开卫生间的门,确定没有第三个人之后,才放下心来。

站台上有人叫了一声:"上车!"接着就听到关门的声音。

列车开始缓慢地在轨道上滑动。出了火车站,邦德就听到了"哐当哐当"有节奏的声响,火车开始加速了。邦德这才松了一口气,总算是成功出来了。

"你喜欢坐哪里?"邦德礼貌地问。

"哪里都行,"她仍然很着急,"你随便选吧。"

邦德耸耸肩,背朝车头方向坐下来。其实,他更喜欢面向车头。

宝石姑娘摘下草帽,解开头发上的橡皮筋,摇摆几下头,乌黑的头发立刻像瀑布似的垂落下来。她的眼圈有些发黑,邦德估计她和自己一样,一宿都没睡。她抬起头望着邦德,大大的蓝眼睛眨巴着。"谢谢你了!"她颤抖着说,"你能信任我,真谢谢你。我知道这么做让你很为难,不过,我一定能帮上你的,我小时候的梦想也是当一名警察。"

"我很高兴能帮助你。"邦德笨嘴拙舌地说着。

"到彼得斯堡这一路,我不会给你惹麻烦。"宝石姑娘继续说。

邦德马上眯缝起眼睛,脸上的笑容消失得无影无踪。

"我们根本不是去华盛顿,你休想骗我。"宝石姑娘坦率地说,"在电话里,你停顿了一下,才说是华盛顿,我才不信呢。但是,比格认为你一定会去佛罗里达,我听见他打电话给一个叫鲁贝尔的外地人。比格让他监视坦帕的机场和火车站,也许我们应该提前下车。对了,你上车时被他们发现了吗?"

"我不知道,"邦德回答,"你呢,出来时碰到什么麻烦了吗?"

"今天是上声乐课的日子,我从声乐教室后门偷偷溜了出来。"宝石姑娘抬手看了看表,"一个小时之后,他们就会到处

第十章 "银色幻影"号

找我了。我现在大约有5000美元,所以不会让你破费的。"说着她又露出笑容,"比格那个坏蛋,关押利用我一年多。但我知道,一定会有人把我救出来的,我一定能重新开始生活,没准咱们还能成为同事呢!"

"我希望你能混得比我强。"邦德笑着说道,"不过你不用谢我,因为你救过我的命。我们现在一报还一报,两清了。不过……"邦德有些不解地望着她,"你真的有特异功能吗?"

"对呀,"她答道,"我有,或者差不多有吧。我能感觉到未来要发生的事。目前,我们将会面临许多困难和危险。"她停了停,又说道,"所以,我们千万要小心。"

"我会竭尽全力的!"邦德向她保证,"现在,我们俩要先填饱肚子,然后睡上一觉,把精神养足。"说完,邦德按了按铃。铃声刚过,乘务员就进来了。

"给我来一杯威士忌酒、两个鸡仔三明治、一杯摩卡咖啡。"邦德对列车员说。

"车上的食品得另外收钱,布赖斯先生。"乘务员很有礼貌地说。

"那当然。"邦德说道。这时,宝石姑娘赶紧拿出钱包说:"瞧你这记性,出门的时候,你不是都把钱放在我这里了吗?"

乘务员拿着钱,离开了车厢。

火车正慢慢减速,邦德望向车窗外,看到了货车车厢上的涂鸦,看到一排排木板房一掠而过……他喜欢这种感觉,美国的铁路有一种浪漫的情调。他心里暗暗祈祷,希望后半段车程也能这么轻松愉快。

无论结局是好还是坏,邦德已经救了宝石姑娘。即使宝石姑娘骗了他,他也要尽可能地从她身上搞到些情报。现在,他还是有满肚子的疑问,但还不能问她。邦德觉得这个姑娘很神秘,看她的言谈举止,像是个大家闺秀。邦德忍不住猜想她曾经的生活——她出生在一个地位显赫的家族里,家里有数不清的财富。可是,随着她渐渐长大,她的家族却日渐没落,最后惨遭新贵族吞并。父母由于接受不了巨大的生活落差,终日郁郁寡欢,最终抑郁而死。无奈,在变卖了所剩无几的财产后,她只好踏上了漂泊之路。现在,除了美丽的容貌之外,她可以说是一无所有。

嗯……我应该不会猜错,邦德心里想。

"你刚才在想关于我的事情。"宝石姑娘盯着邦德,肯定地说,"我感觉到了。你别着急,总有一天,我会把一切都告诉你的,现在我只能告诉你,我原来叫西蒙娜·拉特莉,今年25岁——我很喜欢这个包厢,我现在想睡觉了。"

听了她的话,邦德扑哧一声笑了,对宝石姑娘说:"你睡下铺吧,离门边近些,不过应该没什么危险,睡上铺也没关系。"他又皱了皱眉说,"但比格胳膊粗,枪管长,谁知道会不会伸到我们坐的火车里来?还是谨慎一些好,你不怕吧?"

"当然不怕。"宝石姑娘回答道,"我本来就想睡上铺。再说了,即使你想睡上铺,你那只可怜的左手也不会同意呀!"

正当他们聊得开心时,一个外国人推着餐车来给他们送餐,那外国人送完餐拿了小费,就急匆匆地走了。

吃过饭,邦德打了个饱嗝,摸着圆滚滚的肚子说:"没想到火车上的饭也不错嘛!"宝石姑娘被邦德逗得直笑,邦德看到她

第十章
"银色幻影"号

笑得那样开心，自己也嘿嘿笑起来。

乘务员过来收餐具，但是这次，他不敢抬头看邦德，连收拾盘子时也是慌慌张张的。最后，他深吸一口气，说道："也许布赖斯太太可以到隔壁休息会儿，等我把这里收拾好了，您再过来。"他的眼睛盯着邦德的身后，"在你们下车之前，隔壁都是空的。"没等邦德说话，他就拿出钥匙，打开了隔壁包厢的门。

邦德看着宝石姑娘，下巴稍稍一扬。宝石姑娘立即明白过来，自己去了隔壁包厢，把门紧紧锁上。

邦德想起了上车时，在车门口见过负责这节车厢的乘务员的名字。他问："你好像有话要说，鲍德温？"

看到宝石姑娘离开，他赶紧对邦德说："当然有，布赖斯先生。这车上有人想要了你的命！但我只能说这么多，你千万要当心，有人盯上你了。那家伙是个恶棍，你最好拿上这个。"乘务员说着从口袋里掏出两个木楔子。

"把它们塞到门下边，"他说道，"我就只能帮你这么多了，我还不想死在这儿。"

邦德接过楔子："不过……"

"我真的只能帮你这么多！"鲍德温气急败坏地打断了邦德，"要是今晚你再按铃，我就把晚餐给你送来，千万别让其他任何人进来。"

邦德递给鲍德温一张20美元的钞票，鲍德温揉成一团塞进口袋里。

"我会尽量帮忙的。"鲍德温的口气缓和了许多，然后推车离开了包厢。

"咚咚咚！"

邦德敲了敲隔壁的门，在门口小声说："床已经铺好了，你先去睡吧。我想自己在这儿静一静。"

听到他这么说，宝石姑娘有些不开心，是要她一个人在H包厢休息吗？她有些害怕，又不好意思开口问邦德。看邦德没再说话，宝石姑娘只好回到H包厢里休息。

邦德自己待在包厢外，看着窗外模糊不清的景色，暗自下定决心，不到万不得已，不能让宝石姑娘知道有人盯着他们，敌人来得也太快了，弄得他有些措手不及。

"邦德，你还在吗？邦德？"

是宝石姑娘在叫他。邦德回到H包厢，看到屋子里一片黑暗，只有她的床头灯微微发出亮光。

"你放心睡吧，我也在这里休息。"邦德脱下外套，弯腰把两个楔子塞到门底下，然后小心翼翼地靠在床铺上。

火车有节奏的哐啷声就像是催眠曲，不一会儿两个人就都睡着了。夜色越来越浓，漆黑的天空中，连一丝星光都没有。窗外的风开始还带着几分温柔，丝丝缕缕的，拂动着柳梢和树叶，到后来便越发迅猛强劲，几乎像野牛一样凶蛮。

此时，"银色幻影"号的餐车里，鲍德温正在报纸上写着什么，然后又开始一遍一遍地读。

火车即将到达弗吉尼亚州……

第十一章 黑暗之神

> 她抬起眼睛,见邦德正好奇地盯着她看。宝石姑娘笑了:"简单说就是,人们都相信比格就是萨莫迪大王的化身。你看比格又高又壮,皮肤发灰,看起来就像巫师,他又在屋子里搞了个萨莫迪的雕像,人们就更相信了。"

"哐嘟哐嘟哐嘟哐嘟，呜呜——"

火车奔驰了整整一夜，现在已经开进弗吉尼亚州了。这里的天气可比纽约好得多。清晨，天空晴得像一张蓝纸，润红的骄阳为蓝天点缀了一抹金黄，几片薄薄的白云，像被阳光晒化了似的，随风缓缓飘浮着。

H包厢里，邦德早早就起床了。他站在床边，看宝石姑娘睡得正香，阳光照在宝石姑娘那小巧的脸上，把她的五官衬得更加立体。她浅浅地呼吸着，眼皮动了动，长长的睫毛如同一把小扇子，遮出一片淡淡的阴影。邦德本想叫醒她，又考虑到她昨天一直提心吊胆，索性让她睡到自然醒吧！为了不吵醒她，邦德就一直坐在床边，望着窗外的景色。直到下午，宝石姑娘才睡醒。

"邦德，你在吗？"宝石姑娘睁开惺忪的睡眼，慵懒地问道。

"你睡醒了啊，休息得怎么样？"邦德笑着问。

"棒极了！我从来没睡得这么安稳过。"宝石姑娘说，"对了，咱们现在到哪儿了？"

"弗吉尼亚。你肯定饿了吧？看看你想吃什么。"邦德扬了扬手里的菜单。

"嘿嘿，你这么一说，我还真有点儿饿了。现在几点了？"

第十一章
黑暗之神

"已经是下午了。"邦德一脸温和地笑着。

"什么！你怎么没叫醒我呢？"宝石姑娘听说已经是下午了，连忙随意地扎起头发爬下床。她走到邦德对面，坐在靠窗的椅子上，和邦德一起看菜单。其中，鱼类一栏写着：无骨鱼；鸡肉一栏里写着：法国风味黄金鸡块。邦德忍不住吐槽："都是胡扯。"最后，两个人点了炒鸡蛋、熏肉、腊肠、沙拉和软干酪。

邦德拔出门下的木楔子，然后按铃叫来乘务员点餐，两个人一边吃一边闲聊。晚上7点，乘务员鲍德温来收拾餐具，问两个人还需不需要其他东西。邦德想了想，问道："什么时候到杰克逊维尔？"

"大约早晨5点，先生。"

"站台上有地铁吗？"

"有的，火车就停在地铁边上。"

"火车一停下，你就立刻开门放下脚踏板，可以吗？"邦德又塞给他一张10美元钞票。

乘务员咧开大嘴开心地笑了："当然可以，我会注意的。太谢谢你的好意了，先生。晚安。"他又转向宝石姑娘，"晚安！太太。"

乘务员离开包厢，把门关上。邦德上前又把木楔子牢牢地塞在门下。

"看样子，"宝石姑娘看着邦德的动作，"情况确实不妙。"

"没错。"邦德不再隐瞒。他把鲍德温跟自己说的话告诉了宝石姑娘。

"我早就猜到了,"邦德一讲完她便说道,"肯定是他们看见你进火车站了,他有一大帮'眼睛',专门负责跟踪或者盯梢,很难有人逃得过他们的眼睛。我现在猜不出他在哪节车厢,但我知道他一定是个外国人。"

"很有可能。"邦德说,"不过,他们为什么会死心塌地地给比格卖命呢?难道他给他们施了什么魔法吗?"

宝石姑娘没说话,只是静静地盯着邦德——大名鼎鼎的英国特工。看着他那双灰蓝色冷峻的眼睛,她想:怎么才能让他明白呢?他从小充满自信,在正常的环境中长大,生活条件优越,不愁吃、不愁穿。他不知道,在热带国家生活的人,经历过怎样的艰难困苦,也不懂那鼓声的召唤有多么神秘。他没有见过鼓声带来的魔力与血腥,也没有见过被心灵感应术诅咒的人和动物,更没见过满身水肿、暴尸荒野的景象。所以,他不知道一根白鸡毛、一个装有骨头和草药的蛇皮袋有多么可怕。他连这些都不懂,怎么能指望他理解比格在当地的土著们心目中的权威呢?

"你是在想我不会理解他们的,对吗?"邦德说,"算你想对了。不过我知道恐惧的力量很强大。我读过关于巫毒组织的书,也懂一些咒语,但是我不迷信,所以它们伤害不了我。"

"你知道我为什么害怕比格吗?"她不紧不慢地说,"在我小的时候,我的保姆牵着我的手说:'小姐,这是万能的符咒,它能保佑你一辈子。'我不想喝,拔腿就跑。她把我抓回来,拿了一碗污水,使劲儿掰开我的下巴,然后全部倒进我的嘴里,我这辈子都不会忘记她那张狰狞的脸!之后的一个星期,我整天睡不着觉,像发疯似的大喊大叫,把她急得团团转。"

第十一章
黑暗之神

说到这儿，宝石姑娘脸色认真起来："突然有一天，我睡了一整夜。醒来之后，我觉得枕头硬邦邦的，硌得我不舒服。我拆开一看，竟然是一包肮脏的马粪！这种东西怎么能放在枕头里呢？我一扬手把它扔到了窗外，但当我去院子里玩儿的时候，我并没有看见它。之后，我再也没有失过眠，我知道，肯定是保姆又把那包东西悄悄塞到枕头里了。后来，我一看到巫毒组织的神水就想吐——他们把甘蔗酒、火药、坟土和人血搅和在一起，让我想起小时候喝的污水。"

她抬起眼睛，见邦德正好奇地盯着她看。宝石姑娘笑了："简单说就是，人们都相信比格就是萨莫迪大王的化身。你看比格又高又壮，皮肤发灰，看起来就像巫师，他又在屋子里搞了个萨莫迪的雕像，人们就更相信了。"

"可是，他怎么和那个组织搅和在一起了呢？"邦德提出了自己最关心的问题，"他真是'锄奸团'的间谍吗？"

"'锄奸团'是什么玩意儿我不知道。"宝石姑娘说，"但我知道他给那个组织办事，至少我总见他与那伙人见面。有的时候他还让我进去，让我测算那伙人心里在想什么。不过我也只见过一两次，他干什么都偷偷摸摸的。那伙人真有眼光，比格在美国势力范围很广，能帮他们不少忙。虽然，他脾气非常古怪，稍不顺心就要杀人。"

"怎么没有人把他干掉呢？"邦德不解地问。

"谁也杀不死他。"宝石姑娘答道，"因为他是萨莫迪大王的化身呀！"

"是啊，我知道……"邦德有些语塞，"就因为他是萨莫迪

的化身，如果真有人杀死他，那不就成大英雄了吗？你想不想试一试？"

宝石姑娘的眼神有些躲闪，转头望着窗外，支支吾吾地说，"除非到万不得已的时候。"她显得有些为难，"别忘了我是海地人。我的理智告诉我要杀了他，可是……"她做了一个无可奈何的手势，"我的本能告诉我，我杀不了他。"她自嘲地朝邦德一笑，"你肯定觉得我傻得没治了。"

邦德想了想，郑重地说："那就由我来吧，我来送他下地狱！"

宝石姑娘笑了，灿烂的笑容就像一朵盛开的金葵花，她说："我想，如果有人能成功，那就只有你了。那时，我会在你的子弹上刻下一个十字，助你一臂之力。"

"哈哈，你现在老老实实睡觉就已经是在帮我了。"邦德说着看了看表，已经10点了。"你要尽量多睡会儿，等火车一到杰克逊维尔，我们下车就跑，可不能再让他们发现了。然后我们再想办法到海滨去。"邦德突然有些不放心，"我得再检查一遍，看隔壁有没有人。"

他小心翼翼地抽出木楔子，拧开门把手，然后从身上抽出贝雷塔手枪，打开保险。邦德做了个手势，宝石姑娘猛地把门拉开，隔壁包厢里一个人也没有。

邦德把整节车厢前后门全部锁死，大脑里开始模拟出各种可能的危险：要是敌人想从天花板的通风口放毒气，那只能爬上火车顶，这不太可能；如果有人硬闯，就只能从门口进来，我已经提前放了木楔，所以外面的人是推不开的，而且只要门一响，我

第十一章 黑暗之神

就会知道。嗯……安全隐患基本排除了。

"好好睡吧，"邦德说，"明天我们还有不少事要干呢！"宝石姑娘咕哝了句什么，关上床头灯就睡了。邦德又检查了一遍门下的楔子，才关了灯躺到床上。此时，包厢里已经是一片黑暗，只听到火车有节奏的哐啷声。

晚上11点钟，"银色幻影"已经行驶到了佐治亚州的平原上，它像一条巨蟒，穿过被黑暗笼罩的原野，把一个个村庄抛在身后。巨型车灯发射出的光柱，像一把锋利的宝剑，直插进黑夜的心脏。

再过6个小时就能到杰克逊维尔，就在这6个小时的黑暗中，比格肯定会动手，邦德脑子里就像是有一团小蜜蜂，嗡嗡叫个不停。他实在躺不下去了，起床打开灯，脑子里不停地想：在杰克逊维尔和彼得斯堡会遇到什么危险？他和莱特真的能重逢吗？

时间一点儿一点儿地流逝，不知不觉到了凌晨1点。

突然，邦德听到外面传来窸窸窣窣的声响，是金属撞击的声音！顿时，他全身的肌肉紧绷起来，手按到了枪把上。

走廊里，有人在轻轻地拧动车厢门把手……

邦德蹑手蹑脚地走到门口，悄悄抽出包厢门下的木楔子，把门打开。然后，路过隔壁的包厢时，他把手枪插回到裤腰上，再用右手拉开车厢大门的锁栓，锁栓弹回时发出了"嗒"的一声脆响，邦德立即拉开门，掏出手枪。

与此同时，一个黑影在远处一闪而过。

"可恶！居然让他跑了。"如果邦德的左手没有受伤，他一定能击毙那个人。邦德非常清楚，再去追已经不可能了，那个人

完全可以偷偷躲起来。而自己只能靠出其不意，一枪击毙敌人。如果不能将对手立即击毙，那就只能缴枪投降。

他回到H包厢，发现门下的地毯上有一张小纸片。他捡起纸片，回到了包厢里。他看宝石姑娘还在睡着，就自己研究起了纸片。这张纸皱巴巴的，上面用红笔歪歪斜斜地写着几行字。邦德迫不及待地拿到灯下读起来：

哦！女巫，不要处死我！放我走吧，这身子属于他。

当他随黎明慢慢站起，他将在清晨为你把鼓敲响，早早地，早早地敲响。

当他随黎明慢慢站起，他将在清晨为你把鼓敲响，早早地，早早地敲响。

哦！当孩子还没有长大成人，女巫就将他们赶入了坟墓。

我们向你真诚祷告，但愿你懂我们的心意。

邦德读完，躺在床上沉思起来。过了一会儿，他把纸条叠起来，放进了皮夹。

第十二章 女巫的符咒

"让我瞧瞧。"宝石姑娘突然说道,她伸手拿过桌上的那张纸,轻声说,"这是'欧安加',是司鼓女巫的符咒。阿散蒂人部落很流行这种符咒,海地人也跟他们学,每次要杀人的时候,就用这个符咒……"

早晨4点45分。

"喂,宝石,醒醒。"邦德轻声呼唤着宝石姑娘,"我们马上就到杰克逊维尔了。"

宝石姑娘一骨碌爬起来,手忙脚乱地收拾好东西,准备和邦德下车。

5点整,车站四周仍然是伸手不见五指,两人偷偷摸摸下了火车,一路小跑。他们回头看了看"银色幻影",发现车里没什么动静。下车前,邦德特意告诉了乘务员说,他们下车后,要把H包厢的窗帘拉上,再把门锁起来。他想,火车到达彼得斯堡前,没人会发现他们已经溜了。

邦德和宝石姑娘离开车站,来到大街上,看到一个霓虹灯大招牌,写着"美味餐24小时快餐店",两个人决定先填饱肚子。他们推门进去,只见餐馆又脏又乱。柜台里站着两个女服务员,一个拿着指甲刀专心致志地磨指甲,另一个靠着柜台正在嗑瓜子,瓜子皮吐得到处都是。柜台上摆着香烟和糖,杂志和连环画乱糟糟地堆着,屋里摆着一个咖啡过滤器和一排煤气炉,旁边门上写着"闲人免进",这大概是餐馆的后门。几个男人穿着工作服聚在一起,他们的桌子油光锃亮。

邦德和宝石姑娘挑了一个雅间。没过一会儿,一个女服务员

第十二章 女巫的符咒

拖拉着脚步走过来，靠在门口，眼睛直盯着宝石姑娘身上的衣服。

"橘子汁、咖啡、煮鸡蛋，都要双份。"邦德一个字的废话也不想说。

"好嘞。"女招待答道，又拖沓着步子走开了。

"炒蛋要用牛奶调。"邦德对宝石姑娘说道，"在美国，带壳煮的鸡蛋是没有人吃的。可没壳的鸡蛋看起来让人没胃口。而且，这儿的人都用茶水煮。你说他们这是从哪儿学来的？要我说，很可能是跟德国人学的。还有，美国的咖啡简直是世界上最难喝的，比英国咖啡还难喝。但愿他们别把橘子汁也糟蹋了。还好，我们总算到了佛罗里达了。"一想到要在这种不卫生、漫天要价的地方待4个小时，邦德就高兴不起来。

"现在，美国可是个发财的好地方。"宝石姑娘说道，"这里还不算什么，你没见过海边的商店。他们专门宰那些去度假的游客。但是有些人还偏偏就喜欢去那儿，他们一般都在临死前，拿着自己的积蓄，到那里挥霍一空。那些人最喜欢的地方就是彼得斯堡。"

"照你这么说，"邦德有些糊涂了，"彼得斯堡是个什么样的地方？"

"住在彼得斯堡的都是一些退休的老人，他们一个个全都架着眼镜，戴着助听器，满嘴假牙。要是你走在彼得斯堡的马路上，随处都能看到老人们三五成群地坐在两旁的长凳上，或高谈阔论，或闭目养神，简直是彼得斯堡的一大风景。"宝石姑娘说道，"因为这里的居民都是一些行将就木之人，所以人们给彼得

斯堡取了一个绰号叫'美国大坟场'。"

宝石姑娘话锋一转,又说:"那儿也叫'日光城',当地有一家《独立报》说,如果出报时不见太阳,就免费赠送当天报纸!可是每年只会遇上两三次。这也是宣传彼得斯堡最好的广告。白天,那些老头儿老太太们聚在一起玩推盘游戏、打桥牌。他们还有两个棒球队呢,叫'羚羊队'和'骏马队',队员全都是75岁以上的老头儿!但一到晚上9点,人们就都各回各家了。"

邦德有些搞不懂:"为什么比格会选择在那儿干非法勾当?"

"那儿简直就像专门为他准备的。"宝石姑娘严肃地说,"在当地,除了打桥牌的时候有人会搞小动作之外,就没有其他犯罪活动了,所以那儿的警察很少。不过海岸警卫倒是有一大堆,但他们主要管坦帕和加勒比海域之间的走私活动。

"我不知道比格在那儿有什么买卖,但是一直有人在这边替他办事,叫……叫什么来着?"宝石姑娘揉着太阳穴回忆着,"对了!叫鲁贝尔。而且我估计他们和加勒比海域那伙人有联系。"宝石姑娘一边推断,一边告诉邦德自己的想法,"我总觉得哈勒姆,甚至整个加勒比群岛的幕后老大都是当地人。"

邦德猜得一点儿都没错。这儿的饭难吃死了,连橘子汁都是苦的。邦德付了钱,带着宝石姑娘离开餐厅,在大街上漫步,呼吸着清晨新鲜的空气。

"我们现在要去哪儿?"宝石姑娘问邦德。

"9点钟'银色流星'号会经过这里,然后直达彼得斯堡。它是'银色幻影'号的姊妹车。我们现在去买票。"

第十二章
女巫的符咒

"原来你早就计划好了呀!你真是可靠极了。"宝石姑娘说着,嘴角扬起一个大大的弧度。

不一会儿,两个人就到了候车大厅。邦德买完车票后,挑了一个不起眼的角落,一边和宝石姑娘聊天,一边等着"银色流星"号火车。宝石姑娘给邦德讲自己在比格大本营里的经历。提到金币时,她说,比格经常让自己审问一些人,问他们卖了多少金币,开的什么价……

9点整,"银色流星"号准时到站。两个人心里悬着的那块大石头也算放下来了,他们终于上了路,朝着彼得斯堡进发。

"银色流星"跨过了一片片的泥沼。窗外死气沉沉的,连绵延伸的沼泽地似乎都被幽灵笼罩着。当火车穿梭在佛罗里达州的森林时,森林里寂静无声。邦德心想,除了蝙蝠、蝎子、蟾蜍和黑蜘蛛外,森林里大概不会再有其他生命了。

到午餐时,"银色流星"号驶进墨西哥湾,穿行在一片美洲棕榈丛中,一排排的汽车旅馆和马车在窗前掠过。邦德似乎已经感受到了佛罗里达的气息。

邦德和宝石姑娘在克利沃特下了车,这是彼得斯堡的前一站。这里的太阳火辣辣的,像个大火球,把空气都烤热了,大树耷拉着叶子,花朵都垂下了头。宝石姑娘的额头上也沁出了汗珠,她想要把帽子和头纱摘下来。

"它们都粘到我脸上了。"宝石姑娘抱怨着对邦德说,"这里不可能有人见过我。"

两个人站在广场街和中央大道的交叉口,叫了一辆出租车,告诉司机去金银岛。而这一幕,被一个当地人逮了个正着。

　　一见到邦德和宝石姑娘的身影,那人就激动地跑到旁边杂货店里,拨通了电话:"喂,鲁贝尔吗?目标出现了,就在克利沃特!我刚才看见他和一个女人上了一辆出租车,朝金银岛的方向去了……我当然能肯定,我发誓,我不可能看错。你说什么?跟着他们,看他们到哪里?好的,好的,我马上就去。好的,你放心,我办事一向稳妥。"

　　鲁贝尔放下电话,手指不停地敲着写字台,脑子里盘算着计划……办妥这桩事比格会赏他1万美元,但他还需要两个帮手。给他们一人1000美元,自己还可以剩8000美元。他咬咬牙,拨通了金银岛上一家酒吧的电话。

　　出租车开了半个小时,下午2点,邦德和宝石姑娘终于到了金银岛。岛上满是黄白相间的小木屋,站在海岛边缘眺望,能一直看到墨西哥湾消失在水天相接的海平面上。和伦敦、纽约和杰克逊维尔等地方比,这里真是一个疗养的好地方!

　　邦德和宝石姑娘找到挂着"办公室"牌子的房子,按响了门铃。一个面容憔悴、身材瘦小的女人打开门,她咧开干瘪的嘴唇,微笑着问道:"你们……"

　　"莱特先生在这儿吗?"

　　"噢!他在。这么说,你是布赖斯先生了。你住一号房,就在海滩上。莱特先生一直在等你,这位是……"

　　"布赖斯太太。"邦德答道。

　　"哦,对,对。"女人说道,语气里透着不相信,"那先填一下这张登记表吧,记得填好你们的地址。"

　　女管理员领着邦德和宝石姑娘往外走,顺着水泥小道来到一

第十二章 女巫的符咒

间小屋前。她轻轻敲了敲门，门被打开了。莱特顶着个鸡窝头，看到他们后吓了一跳。

"你肯定还没有见过我的妻子吧？"邦德先开了口。

"噢，没有，没有。你好。"

显然莱特没料到这种情况。他好像忘了有宝石姑娘这个人，伸手就把邦德往门里拖，走到一半才想起了门口还有个姑娘。他连忙折回去，伸出另一只手，把她也拉进了门，然后用脚后跟将门"砰"的一声关上了。

进门之后，莱特紧紧地抱住邦德，勒得邦德直咳嗽。随即他又放开了邦德，拉着他的胳膊转了好几圈，拍拍邦德的后背和大腿，像医生检查病人那样。

"你发什么神经？"邦德看着莱特的行为，哭笑不得。

突然，电话铃响了。莱特终于恢复正常，拿起了电话筒。

"请讲。"莱特说，"那让中尉接电话吧。是你吗，中尉？他到了。刚进来，没有。完完整整的一个大活人。"他握住电话筒好一阵子，又转向邦德，"你从'银色幻影'号经过的哪一站下的车？"莱特问。

邦德如实回答。莱特对着电话筒说："从杰克逊维尔。对，没错。详情我等一会儿再问，然后再给你回电话。谢谢你，中尉。再次感谢，再见。"

莱特放下电话，用手绢在额头上擦了擦，走到邦德对面坐下来。突然，他看着宝石姑娘，很抱歉地笑了笑，说："我猜你就是宝石姑娘了。刚才实在抱歉，我今天快被吓疯了，以为再也见不到邦德了。"

莱特喘了一口气，休息了一下说："你们肯定还没听说，'银色幻影'号经过杰克逊维尔后，你们的包厢被人用冲锋枪打得全是窟窿，然后又被炸了个稀巴烂，整节车厢的人没有一个活下来，这件事引起了轩然大波。我原以为你们肯定又被他们抓住了。没料到啊，你却挽着个漂亮姑娘不声不响地到了这儿。快给我说说你们这一路是怎么过来的！"莱特已经等不及要听邦德这一路的故事了。

邦德讲了从他离开瑞吉酒店后发生的一切。当他说到在火车上的经历时，他从皮夹子里掏出了自己捡到的纸条，放到桌上。

莱特看了一眼，轻吹了一声口哨。"巫毒组织，"他说道，"我估计，这是专门给死人用的。"

"让我瞧瞧。"宝石姑娘突然说道，她伸手拿过桌上的那张纸，轻声说，"这是'欧安加'，是司鼓女巫的符咒。阿散蒂人部落很流行这种符咒，海地人也跟他们学，每次要杀人的时候，就用这个符咒。幸好你当时没有告诉我，否则我当时肯定会惊慌失措。"宝石姑娘说着，仍心有余悸。

接着，邦德又讲了下车后的经历。

"下车后有人看见你们吗？"莱特问。

"应该没有。"邦德回答，"眼下，我们得把宝石姑娘安全送去牙买加，我们在那儿执行任务时需要她协助。"

"那没问题。"莱特点点头，"我们可以让她在坦帕乘飞机走。"

"这样安排行吗，宝石姑娘？"邦德问。

宝石姑娘呆呆地望着窗外，突然身体颤动一下，目光回到邦德身上，两只手紧紧地攥在一起说："行。"

第十三章 探秘金银岛

一来呢,他觉得岛上的治安很好,民风淳朴,宝石姑娘在这儿不会有任何危险。二来呢,这里可是有成千上万个房子,而且长得都一样,比格那伙人不可能知道他们住的确切位置。

宝石姑娘打了个哈欠，"我想先去休息一会儿，你们聊吧。"说完，她转身走进卧室。

宝石姑娘一走，莱特就去倒了两杯苏格兰威士忌，又加了一些冰块，回来顺手递给邦德一杯。两个人端起酒杯，喝了一大口。

"我们那节车厢到底是怎么被炸的？"邦德靠在椅背上问，"详细地说来听听，我看看比格到底想让我怎么死。"

莱特跷起二郎腿说："5点左右，'银色幻影'号离开了杰克逊维尔，火车开出去没多久，比格的手下就找到你们隔壁的包厢，在车窗玻璃上挂了一条毛巾。离开杰克逊维尔大概20分钟后，车道边出现了一个紧急信号。火车司机急忙将车速减至时速25英里（约40千米）。没开多远，又出现了三个紧急信号，那说明情况十分危急，司机马上停下了火车。"

莱特继续说："接着就看见几个人跑到火车两边，站成一排，端着冲锋枪就开始扫射你们的车厢。打了将近1分钟后，有人走过去把你们包厢的玻璃窗砸碎了，还往里扔了一团黑糊糊的东西，没等那群人跑远，你们的车厢就爆炸了。火车里的人们都吓得大喊大叫，在车厢里乱窜。然后火车抛下了245号车厢，开走了。"

第十三章
探秘金银岛

"这是司机在警察局录口供的时候讲的。"莱特补充说。

"这个计划很严密,效率也很高!"邦德佩服地说,"不过,他千算万算,没算到我会提前下车。"邦德松了一口气,"这是我第二次逢凶化吉了,而且这次比上次还危险。"

"对。"莱特的手指有节奏地敲着桌面,"到现在为止,巨人比格一共犯了两次错误。他不会再犯第三次了,我们一定要在他清醒之前,彻底把他解决了。我这边已经查到一些头绪了,金币肯定是从这儿流出去的,我发现'大剪刀号'游艇总是停在一家鱼饵公司的码头上,好像叫奥鲁贝尔斯。在神话里是大鱼虫的意思。

"什么?奥鲁贝尔斯?那家鱼饵公司叫奥鲁贝尔斯?"邦德一巴掌拍在玻璃桌面上,"我明白了!比格在这儿有个爪牙,叫鲁贝尔。而去掉'奥鲁贝尔斯'头尾两个字,不就是'鲁贝尔'吗?这两个名字是一个意思!"

莱特的眼睛顿时一亮:"我的天啊!肯定是这么回事。"

"咦?不对呀,那家鱼饵公司的老板是个希腊人。在纽约的时候,宾斯万格中尉说过,你忘了吗?"莱特提醒邦德。

"你真是个大笨蛋!那个老板只是个傀儡,我们要调查他们的经理,肯定是那个叫'鲁贝尔'的家伙。"

莱特从椅子上跳了起来:"那快走吧,咱们先去鱼饵公司的码头看看,但是现在'大剪刀号'不在,前几天刚刚开走了。"

"没问题,那我去告诉宝石姑娘,让她在这儿好好休息,咱们一会儿就回来。"邦德说。

宝石姑娘不想自己一个人留在房间里,她甚至害怕地使劲儿

摇着头对邦德说:"我不想留在这儿,我有一种感觉……"她这句话还没说完,邦德就安慰地说:"我们1个小时以后回来,不会有事的,放心吧。"

宝石姑娘没办法,只好妥协:"那好吧,那你们快点儿回来,我总觉得有危险。"

莱特在外面等得不耐烦了,在院子里大声呼唤邦德。邦德给宝石姑娘一个安慰的拥抱,替她关好门,准备出发。邦德一边走,一边思考着。一来呢,他觉得岛上的治安很好,民风淳朴,宝石姑娘在这儿不会有任何危险。二来呢,这里可是有成千上万个房子,而且长得都一样,比格那伙人不可能知道他们住的确切位置。但是,他又十分相信宝石姑娘的直觉,她刚才的表现,让邦德感到十分不安。

可是一看到莱特开来的那辆老式福特,这些烦心事就被邦德抛到九霄云外了。邦德喜欢开车,但他却对大多数的美国汽车提不起兴趣,邦德最爱的是德国奔驰。但是这种美国福特却十分合邦德的口味。邦德兴奋地爬进低矮的驾驶室,听到引擎低沉的嘶吼,他心里都乐开花了。

开车顺着沿海公路直奔码头,邦德看到这样一幅图景:满头白发的老人拄着拐杖,颤颤巍巍地挪动着脚步;路边的长椅上,坐满了老头儿老太太,他们一个紧挨着一个,好像一排小鸟停在电线杆上休息;公园里的老太太们戴着夹鼻眼镜,专心致志地做着手工。老太太们的头发稀稀拉拉的,露出粉红色的头皮,老爷子们的头顶则一根头发都没有。一路上到处都是老人,凑在一起聊着家长里短。有的玩推盘游戏,有的打桥牌,有的传看子孙的

第十三章
探秘金银岛

来信,还有的高声抱怨商店、饭店价格涨得太快。

莱特坐在副驾驶座,拨弄着自己的头发说:"这些老家伙都富得流油,家里全是金表、玉戒指。你看他们牙都掉光了,觉得他们会挨饿吧?哼,你可别小瞧他们,他们能直接用牙床啃玉米吃,什么牛排、奶酪之类的更是不在话下。在这里,人人都千方百计地要活到90岁。"

听完莱特的描述,邦德对这座美国"老人之家"有了更深的体会。

两个人开车来到了水上飞机基地和海岸警卫站。远处的海面上,有三五只海鸥在翻飞盘旋,海风一阵阵地吹到岸上,夹杂着鱼腥味儿。这里到处是码头、库房,一张张大渔网被平摊在地上暴晒着……

"我们在这里下车吧。"莱特说,"前面就是鲁贝尔的地盘。"

邦德把车停在港口边,拔下车钥匙塞进裤兜。然后两个人朝左拐,沿小路向前走。

小路的尽头有一个历史悠久的小码头。码头旁边就是一长条低矮的仓库,仓库的大铁门上挂着招牌:

奥鲁贝尔斯公司,经营活鱼饵、珊瑚、贝壳、热带鱼。仅供批发。

其中一扇门上还开着一个小门,小门上挂着一把亮闪闪的弹簧锁,锁旁还有一个木牌,上面写着:

闲人免进。

门口,一个男人嘴里叼着一根木牙签,背靠大门坐在餐椅

上，正擦拭着一把雷明顿手枪。

他斜扣着一顶棒球帽，穿着一件有污迹的白背心，露出两团黑色的腋毛；下身穿着浅色帆布裤子，脚踩着一双橡皮后跟的帆布鞋。他整个人干瘦干瘦的，皮肤像黄土一样，脸上布满了沟壑，干瘪的嘴唇一点儿血色也没有。他的表情极为凶狠，和电影镜头里的恶棍一模一样。

邦德和莱特从他身边走过，来到码头上。那个男人依旧在专心致志地擦拭着自己的手枪，但邦德感觉得到，男人正阴狠地盯着他们的后背。

"即使他不是鲁贝尔本人，也肯定是他的一个亲戚。"莱特说。

邦德默默地点了点头，表示同意。

码头的一根系缆柱上站着一只塘鹅。它看到邦德和莱特离自己越来越近，勉强扑腾了几下翅膀，跃入水中，抖了抖笨重的身子，长长的扁嘴在水中一划，叼住了一条小鱼，一伸脖子咽了下去。接着，它又浮在水面上，迎着太阳游动捕鱼，这样身体的阴影就不会把自己的美食吓跑了。当邦德和莱特转身离开码头后，塘鹅就不再捉鱼了。它慢慢游向系缆柱，又站了上去。

门口的男人仍然低着头，拿着一块油腻腻的破布擦着手枪。

"下午好啊！"莱特和他打招呼道，"你是这个码头的管理员吗？"

"是的。"他没有抬头。

"我想问问，我能不能在这里停一条小船？那边的船坞都太小了。"

第十三章
探秘金银岛

"不行!"男人直接拒绝。

莱特从兜里掏出一张纸币:"20美元行吗?"

"不行!"男人斩钉截铁地说,往邦德和莱特中间吐了一口痰。

"嗨!"莱特继续诱惑他说,"这可是个赚钱的机会,别白白浪费了!"

他想了一会儿,抬头看着莱特,两只小眼睛挤成了一条缝。问道:"你的船叫什么名字?"

"西比尔。"莱特回答。

"那边的船坞里没有叫'西比尔'的船!"男人边说边关上步枪的后膛,把步枪放在他的膝上,枪口对着仓库门方向。

"你是没注意。"莱特真诚地说,"它在那边已经停了一个星期了。就是条双轴柴油机船,有60英尺(约18米)长。船上有一顶白雨篷,上面画着绿条纹——我就是来钓鱼的。"

男人把枪口对准他们两个人,左手扣住扳机,朝上抬起枪口。他慢慢转动枪口,从莱特的胸口移开,接着又滑过邦德的胸口。两个人紧张地盯着他,连根指头都不敢动。枪口又继续转向码头的方向。他眯了眯眼,扣动扳机。

"啪!"枪声在码头上回响。

远处的塘鹅哀叫了一声,咕咚一下栽进了水里。

"你这是什么意思?"邦德一下子火冒三丈,冲上去质问他。

"练练射击。"男人冷冰冰地回答,然后又往枪膛里填满子弹,"听着,滚远点儿。"他突然一脚踹开门口的椅子,打开小

门。一只脚跨进去，又转过头说，"我知道你们俩都有枪，要是你们再来这儿转悠，哼！我就让你们跟刚才那只塘鹅一样。两个鬼东西，什么破'西比尔'船！"他轻蔑地瞪了两人一眼，"砰"地把门关上了。

两个人对视了一眼，露出一脸无奈的笑。

"唉！没想到和鲁贝尔的第一次交手就碰钉子了。"莱特感叹了一句。

邦德仔细观察着仓库："正门看来是进不去了。但是，仓库绝不会只有一个入口。"

"我也这么想。"莱特赶紧接上话，"下次再来，我们先回去想别的办法。"

于是，两个人钻进汽车，一路有说有笑地回到了住处。

两个人一边朝屋子走一边说，刚好迎面碰到旅店的女管理员。"莱特先生！"女管理员非常有礼貌地赔着笑脸，"我们这儿不允许大声播放音乐。"

两个人惊讶地看着女管理员。"真是对不起，"莱特一脸茫然，"我没明白你的意思。"

"我是说，你们屋子里的声音太大了！就是你们让两个男人送来的播放机的声音。"女管理员说，"而且那播放机体积也太大了，包装盒差点儿卡在外面进不去。"

"什么？有两个男人送东西过来？"邦德惊呼一声，三步并作两步地跑向屋子……

第十四章 这是莱特吗

"罗伯茨大夫,急诊室的。"邦德有点儿不耐烦,"有位叫菲利克斯·莱特的病人,今天早上刚被送到急诊室的,我是他的朋友。"一颗颗汗珠成串儿地从邦德的额头上流下来,他想尽力让自己冷静下来。

邦德跑回屋子，看到宝石姑娘房间的门敞开着，门锁已经弯了。很明显，房间的门是被恶意撬开的。屋里还有一台巨型旧机器，估计50美元就能买到。他们一定是把宝石姑娘藏在装机器的箱子里，然后抬出去了！

一瞬间，邦德的视线变得模糊了，他死死地咬住嘴唇，将头深深地埋进衣领里，双手抱头蹲在了地上。

莱特紧跟着邦德跑进屋子，抓起电话打给联邦调查局："要死死盯住各个机场、铁路车站和高速公路。谢谢你们！随时保持联系，再见。"

莱特挂了电话，对邦德说："他们马上就派人过来，你去找那个女管理员核实一下情况，搞清具体时间和那两个男人的外貌特征等。你就说这是一场盗窃案，让她别大惊小怪地满街嚷嚷。哦，还有，就说宝石姑娘也和那几个男人一起跑了。"

邦德点点头。"她和那几个男人一起跑了？这可能吗？"他自言自语地问了一句。也有可能。但无论如何，邦德不想往那方面想。

邦德回到宝石姑娘的房间，从上到下翻了个遍。屋子里还存留着她的气息。她的草帽和面纱都静静地躺在衣橱里，洗漱用品也都在浴室的架子上。邦德单膝跪在地上，检查床底。咦？是

第十四章
这是莱特吗

她的手提包！邦德的脑子里不禁浮现出当时的情景：宝石姑娘在挣扎中，手提包掉在地上，她趁绑匪不注意，把手提包踢到了床下。

邦德把手提包收好，离开房间，直接去了女管理员的办公室。直到晚上8点，邦德和莱特才把事情处理好，接着去餐厅吃饭。两个人面前的桌上摆着几盘昂贵的英国菜和一些不地道的法国菜，有西红柿汁、蔬菜炖鱼、一小碟冻火鸡和一方柠檬凝乳。

邦德和莱特满腹心事、一言不发地大口吃着晚饭。餐厅里的客人们交头接耳，时不时斜眼看看他们，纷纷议论说："这两个人看起来满肚子坏水，贼眉鼠眼的，你说他们来这儿干吗？"

"……和他们在一起的还有个姑娘呢，长得那叫一个漂亮！"

"哎，你们猜猜，那姑娘到底是谁的老婆？"

"不是不是，我听说那姑娘跑了！"

"我还听说他们是从华盛顿来的，好像还是政府的大官呢。"

…………

莱特快被屋子里的这群人烦死啦！

邦德虽然一声不吭，但脸色也是阴沉沉的。两个人干脆不吃了，灰头土脸地回到了房间。

"我先去休息了。"邦德蔫巴巴地说。

"要不咱们再喝一……"还没等莱特的话说完，邦德就回到了宝石姑娘的房间。

他盯着屋外的景色，月光下银色的沙滩闪闪发亮，远处的大

海一片黑暗……"我明白了!码头上的那个男人就是鲁贝尔!怪不得他一直跟我们纠缠,原来是缓兵之计啊,这样他们就能有充足的时间绑走宝石姑娘了。"邦德似乎看到了鲁贝尔就在面前——冷酷的眼睛、惨白的嘴唇和瘦骨嶙峋的脖子……邦德紧握拳头,恨不得狠狠砸他一拳。他决定了!天一亮,他就去追踪鲁贝尔,从他喉咙里把真相掏出来!

邦德爬上床,随手盖上一条被单,他感到床上仍然有宝石姑娘的气息。他的身体慢慢放松了,渐渐进入了梦乡……

一觉醒来,已经是第二天早晨8点钟了。邦德一看表,不由得骂了自己几句,他急急忙忙地跳下床,发现桌子上放着一个信封。他撕开信封,看见一张便条:

我一整宿都没睡觉啊!现在是早上5点钟,我要再去鱼饵公司探探情况,要是我10点钟还没回来,立刻报警。地址是坦帕88号。莱特。

邦德一秒钟也等不得了,他一边穿衣服,一边打电话叫了辆出租车。他一只脚刚迈出门,屋里就传来了丁零零的声音。没办法,邦德只好回去接电话。

"是布赖斯先生吗?这里是蒙德广场医院。"一个男人说,"我是急诊室的罗伯茨大夫,我们这儿有位叫莱特的病人想见你,你能马上过来吗?"

"什么?我的天哪!"邦德吓出一身冷汗,"他怎么了?受伤了吗?严重吗?"

"是一起交通事故,他被撞伤了,有些轻微的脑震荡。你能过来吗?他说他很想见你。"

第十四章
这是莱特吗

"能能能！"还好没出什么大事，邦德心中一块石头顿时落地，"我马上就过去。"

到底发生了什么事？他一边快步穿过草坪，一边猜测：他肯定是被人暴打了一顿，然后被扔到路边了。

邦德的出租车刚出发，一辆救护车呼啸着擦肩而过……

下了出租车，邦德三步并作两步地跑到急诊室，气喘吁吁地推开急诊室的大门。一位漂亮的护士坐在接待桌前，正翻看着《彼得斯堡时报》上的广告。

"你好，请问罗伯茨大夫在吗？"邦德匆匆忙忙地问。

"哪位大夫？"姑娘抬起头看着邦德。

"罗伯茨大夫，急诊室的。"邦德有点儿不耐烦，"有位叫菲利克斯·莱特的病人，今天早上刚被送到急诊室的，我是他的朋友。"一颗颗汗珠成串儿地从邦德的额头上流下来，他想尽力让自己冷静下来。

"我们这儿没有什么罗伯茨大夫。"姑娘用食指敲了敲桌上的一张名单，"也没有叫莱特的病人，你搞错了吧？"

邦德大脑"嗡"地一震，他中了调虎离山之计！可是他们把自己支走有什么目的呢？邦德来不及多想，他大步跑出医院，又乘车回到了住的地方。

漂亮的护士对着邦德的背影做了一个鬼脸，又继续哗啦哗啦地翻看起手中的报纸。

一看到邦德回来了，女管理员赶忙跑到他面前说："你朋友真是太可怜了！"

"莱特怎么了？"邦德一头雾水。

"你前脚刚走,后脚救护车就来了。几个人把莱特先生抬回来的,说是他在车祸中被撞伤,要好好休息。我看他从头到脚全是绷带,被裹得像一个木乃伊,我看着都觉得疼啊!"

听到这里,邦德顿时脸色大变,他几步就冲进了莱特的房间里。莱特的床上,有一个人形的凸起,被白色的被单蒙着,一动也不动。邦德直接拿起电话,叫警察和医生来一趟。

放下电话后,邦德一步一挪地走到床前。他盯着被单看了好一会儿,这才深吸了一口气,伸手掀开被单。

被单下面躺着的那个人已经很难辨别出到底是不是莱特了,因为他的身上缠满了绷带。

邦德的呼吸越来越急促,他的手不停地颤抖着,继续掀着被单,可当被单掀到莱特的腿部时,邦德不忍再看下去了,他将头扭向了地面。

就在这时,邦德看见脚下有张纸,捡起来发现上面有歪歪斜斜的两行字:

他对要吃掉他的那玩意儿感到很生气。

附:我们还有大量类似的玩意儿。

邦德快要忍不住了!他仰头忍着不让自己的眼泪掉下来,他的视线早就已经变得模糊不堪,他现在只想紧紧抱住莱特……

那个为自己的床头摆上鲜花的莱特;

那个为了去酒吧特意打扮的莱特;

那个陪自己闯遍哈勒姆的莱特;

那个为自己处理大事小情的莱特;

那个担心自己在火车上遇害的莱特……

第十四章
这是莱特吗

但是他怕啊,他怕自己轻轻一碰,莱特那微弱的呼吸就永远中断了,连带着它的主人一起离开自己。

邦德俯下身子,几乎要把自己的脸贴到莱特的脸上了。他看到了莱特那一绺湿漉漉的头发,闻到了又腥又咸的味道,他感觉到了那微弱的呼吸……

这时一位警察和一位医生敲门进来了。邦德转过身做了几个深呼吸,咳嗽几声,清清嗓子,恢复到平常的样子。他把自己知道的事情全部告诉给了警察,警察随即派人到鲁贝尔的仓库调查取证。

医生叹了口气对邦德说:"他只有百分之五十的概率能活下来。他真的被折磨惨了,看起来像是受到了大型野兽或者鱼类的攻击。一会儿到了医院,根据他身上的牙印就能鉴定出到底是什么东西把他弄成这样了。"

几个人都无精打采地坐在屋里。屋里的电话快被打爆了,先是纽约,接着是华盛顿。最后,带队去鲁贝尔仓库的警察打电话来报告情况。警察把鲁贝尔的仓库翻了个底儿朝天,但除了鱼缸和珊瑚、贝壳外,一无所获。警察拘留和审问了鲁贝尔和他的员工,仍然没有发现任何蛛丝马迹。由于没有证据,只能将鲁贝尔一行人无罪释放。

下午3点,医院的救护车把医生和莱特接走后,两位警官随后也离开了。屋子里只剩下邦德一个人。邦德的胃部传来一阵绞痛,就像手指头揪着肉皮,再使劲儿拧一圈的那种痛。他才想起来,整整一天了,他一口饭没吃,一口水没喝。他用手按着胃,从冰箱里拿出一个三明治吃。

邦德刚咬了两口，那让人抓狂的电话又开始响了起来。

"丁零零——"

"这里是中央情报局。莱特的事情就不用你操心了，我们已经派专人去处理了。那个小伙子非常英勇，表现得一直很不错。出了这样的意外，我们也感到非常遗憾，但愿他能挺过来！另外，经过我方和伦敦方面的深入研究，决定命你立即去牙买加。我们的人监测到，比格昨天已经乘私人飞机离开了美国。等你到了牙买加，我们会有进一步的指令。"

"是！"邦德立刻回到了作为一名特工应有的状态。

第十五章 仓库里的激战

他一边划玻璃，一边借着月光探查室内的情况。一排排木架整齐地排列着，上面密密麻麻地摆满了鱼缸。每排木架之间有一条窄窄的过道，冷不丁一看还以为是图书馆呢！屋子的地板上还有几个长长的水槽，里面堆满了海贝。

邦德放下电话，沉思了一阵子：野兽？这小岛上有野兽吗？鱼？这小岛上……

他立刻拿起电话，打给迈阿密东广场的一家水族馆："您好，我想买一条观赏性的凶猛鱼类放在我的后院里，请问您这儿有什么好货吗？"

"这个……真是不巧，我们这儿不卖生性凶猛的鱼类。但是……"水族馆老板欲言又止。

"您继续说，只要您能帮我买到，我肯定不会亏待您的。"邦德继续套他的话。

"我知道有个地方卖活鲨鱼，'奥鲁贝尔斯'鱼饵公司，那儿有好多种鲨鱼：角鲨、锯鲨、鼠鲨、扁鲨、须鲨以及最厉害的虎鲨。全是大家伙，保证你满意！"水族馆老板兴高采烈地说，"有机会你就来我这儿坐坐，咱们好好谈谈。"

"好的，再见。"

邦德打开手提箱，仔细擦拭着贝雷塔手枪，静静地等待着夜幕降临……

晚上6点整。

"咚咚咚！"邦德的房间响起了敲门声。

"请进！"

"邦德先生，警察局的人把莱特先生的汽车送回来了，说是

第十五章
仓库里的激战

在案发地点周围找到的。"女管理员小心谨慎地说道。

"是吗？那正好，我今天要开车离开这儿了。这是我们的房费。"邦德一边说着，一边从钱包里抽出几张百元大钞。

"哦，对了，还要谢谢你这些天对我们的关照。"说着，又另外抽出一些钱，一起递给女管理员。

见邦德出手这么大方，女管理员脸上堆满了笑容，连眼角的鱼尾纹都笑出来了，嘴上还说着要邦德再多住几天。

邦德婉言拒绝后拎着手提箱，坐进莱特的汽车，大力踩下油门，消失在了公路尽头……

天，渐渐暗下去；夜，悄悄漫上来。

月亮仿佛害怕什么似的躲在云层里若隐若现，隐隐洒下暗淡的微光。风儿轻轻吹拂着小星星们晶亮的脸庞。

这会儿，邦德已经开车到了金银岛的市中心。

他先去了一家五金店，在里面买了几样东西。然后找了一家小饭馆，点了一份牛排和一杯浓咖啡。

酒足饭饱之后，邦德觉得自己浑身干劲儿十足，就像大力水手吃了菠菜一样！

他把金银岛的地图放到桌子上，歪着脑袋，皱着眉头，用铅笔在上面勾勾画画。

他那锐利的双眼就像扫描仪一样，似乎要把整个地图输入到自己的大脑里。

9点整，邦德卷起地图放进手提箱，快步走出小饭馆，开车直奔鲁贝尔仓库的码头……

　　一阵风簌簌地吹过，浪头一个接一个地拍打着防浪堤，码头下海水汩汩地流淌着，就算是在黑夜里也不停息。

　　距离仓库还有五百米，邦德踩下刹车，"吱——"。

　　他把从五金店买来的小玩意儿装进兜里，带上贝雷塔手枪，放轻脚步接近仓库。

　　鲁贝尔不会已经布下了陷阱吧？

　　邦德看到离仓库大门不远的地方有几个废弃的油漆桶，他眼睛一转，心生一计！

　　他一路小跑躲到了油漆桶后面，背靠油漆桶蹲着，脑袋微微侧向后方，他发现仓库大门口空荡荡的，竟然连一个守卫都没有。

　　邦德端起手枪做出预备射击的动作，一步一步迈向仓库大门。眼看大门就在眼前了，邦德迈出右脚。突然，他的右脚定在了半空中！

　　一根又细又长的钢丝正横在邦德的右脚掌下！钢丝两头连着手榴弹。只要踩到钢丝，手榴弹就会立刻爆炸。

　　"呼——好险好险。"邦德心里庆幸自己刚才没有踩下去，"这要是踩下去，非把我炸飞了不可，看来我要提高警惕了！"

　　邦德收回脚，准备绕到仓库后面看看。

　　他离仓库后面越来越近，噪声也越来越清晰……不过邦德似乎并没有放在心上，好像早就料到了这种情况。他走近一看，果然是空气加热泵的声音。

　　夜晚的气温会下降，但那些鱼可都矫情着呢，冷一点儿都不行。所以，一定要用空气加热泵给鱼池加温。

第十五章 仓库里的激战

邦德顺着空气加热泵这条线索推断：这样的话，鱼池的屋顶应该全是玻璃！白天太阳出来的时候，鱼池就能照到阳光了。另外，室内的通风装置也应该很不错。

邦德打量了一眼仓库的外墙，毫不犹豫地拿出自己的装备——蜘蛛手套。

手套由一层薄橡胶制成，上面布满了细小的倒钩，能吸附住任何材质的东西，就像蜘蛛一样。

邦德戴上手套，像蜘蛛侠一样，悄无声息地翻过了仓库外墙，来到院子里。

正如邦德所料，院子里有一个巨大的玻璃房，但玻璃房唯一的门被紧紧地锁着，旁边配有报警装置。邦德可不想触这个霉头，警报器一响，他就完全暴露了。

他掏出在五金店买的玻璃刀和油灰，选定玻璃房的侧面开始"干活儿"。

邦德抬起手，用刀子在玻璃上划了一个竖长方形，另一只手借助蜘蛛手套的力量，紧紧吸附着玻璃，免得它掉下来。他想另开一道门！

他一边划玻璃，一边借着月光探查室内的情况。一排排木架整齐地排列着，上面密密麻麻地摆满了鱼缸。每排木架之间有一条窄窄的过道，冷不丁一看还以为是图书馆呢！屋子的地板上还有几个长长的水槽，里面堆满了海贝。

当然，屋子里最巧妙的设计莫过于屋顶的滑车道了！它像一条巨蟒一样，蜿蜒盘旋在整个屋顶，给屋子里的鱼缸运送鱼苗。

"咔！"

　　大玻璃板上传出了一声细响，割下来的玻璃正好粘在邦德手上。接着，邦德小心翼翼地把玻璃平放到地上。

　　邦德从缺口处钻进玻璃房，又从身上摸出一只小手电，开始在水泥地上一步一步地挪动着。

　　他走过一排排鱼缸，查看鱼缸上的标签。小手电放射出的光束就像铅笔那么细。

　　借着细微的光亮，邦德看到那些鱼儿在水底缓缓地浮游，他心里默默感叹："哇！它们的颜色好漂亮呀！就像绚丽多彩的珠宝一样。"

　　兴许是鱼儿们感应到了邦德的夸赞，它们纷纷转过来，扭了扭柔软的身躯，好像是在展示自己的魅力。

　　这里有各色各样的鱼：剑尾鱼、扁身鱼、丽鱼、极乐鱼等。

　　鱼缸底部聚集着一团团肉乎乎、蠕动着的活鱼虫，其中包括白蠕虫、细氏虫、褐虾，以及黏糊糊的哈肉虫。它们的眼睛直勾勾地盯着那束纤细的光亮。

　　邦德觉得自己身上已经开始出汗了，屋子里的鱼腥味恶心得他直想吐，他多么想去呼吸一下室外的清新空气啊！

　　突然，邦德发现了毒鱼！

　　毒鱼的鱼缸比其他鱼缸要小一点儿，上面还画着一个骷髅头和两根交叉的骨头，旁边贴着一个爆炸签：

　　非常危险，切勿靠近。

　　这些鱼缸里都只有一条鱼，个个都长得青面獠牙。

　　邦德一边看，一边数着这些毒鱼缸："1，2，3……啊？竟然这么多？"这里大大小小起码有上百个毒鱼缸，其中大的装有

第十五章 仓库里的激战

鳐鱼——性情凶残的犁头鳐鱼；小的则装有刺马鳗、太平洋里的泥鱼，还有西印度洋里穷凶极恶的蝎鱼。这些鱼的脊背上都有毒囊，它们的毒性可是能和响尾蛇一较高下的呢！邦德不禁打了个寒战。

嗯？邦德突然心生疑惑。为什么这些毒鱼鱼缸里的沙子会这么多——它们几乎占了鱼缸的一半。

邦德盯上了一条蝎鱼的鱼缸。他掏出一把小刀，卷起袖口，弯下腰，用刀尖对准它的头顶狠狠刺了下去！

邦德的手刚伸到水里，鱼背上的脊椎骨猛地顶起来，身上的杂色纹也一下子变成了泥褐色，它张开宽大的胸鳍，准备随时发起进攻！

邦德硬着头皮，猛地一扎，圆鼓鼓的鱼头就被刀尖死死钉住了。它发疯似的甩着尾巴，打得水花噼里啪啦地响。

邦德全然不顾它的挣扎，把它沿着鱼缸壁直接挑起来。然后，他扭转身子，使劲儿一甩，把鱼摔到地上。尽管鱼头已经被刀子戳烂了，但它仍在地上蹦来蹦去，拍得地板啪啪直响。

邦德把手插到泥沙里摸索着……

"哈，就是这儿！"

邦德把东西从鱼缸里掏出来，仔细端详。

这是一个平底的木盘，里面的金币一个挨着一个，整整齐齐地排列着。

邦德抠出一枚金币，还以为是5先令的硬币。当他拿到眼前仔细观察的时候才发现，它的一面是西班牙的纹印，一面是菲利普二世的头像。

因为水里养着毒鱼，海关检查员大多不会伸手进去检查。这样，一条毒鱼就守住了一两万美元的财宝。哼！果然是好手段。邦德内心不禁佩服起比格来。

突然，屋子里灯光通明！

"不许动，举起手来！"门口传来一声呵斥。

邦德心里一惊，不好！他把硬币装进兜里，一个前滚翻，想找个地方躲起来。

"嗒嗒嗒嗒……"

鲁贝尔拿着机关枪站在门口，对准邦德一阵扫射。邦德翻滚着，一颗颗子弹在耳边擦过……

接着，鲁贝尔拿起枪对着邦德周围的毒鱼鱼缸射击，只听"砰！砰！砰！砰！"几个鱼缸被打得粉碎，缸里的水倾泻而下，差点儿全浇在邦德身上。

邦德又向后连退了几步，离出口越来越远，他已经被逼到死角了。

又一声枪响传来，他身旁的鱼缸"哗"的一声碎成了渣。

他稍微稳住步伐，做了几个深呼吸，同时脑子也在快速思索着逃生方案。

"砰！"子弹擦过他的小腿，把一堆海螺打得四处乱飞。

他刚动了一下身子，鲁贝尔又来了一枪，把邦德耳边的玻璃瓶打成两半，里面的海蛤稀里哗啦地落到地上。

邦德额头上的汗珠顺着鼻梁滴下来，他知道自己必须要做出反击了！他举起贝雷塔手枪，趁转身时朝对面放了两枪。

"啊——"鲁贝尔惊慌地跳起来，差点儿被头顶上的鱼缸砸

第十五章
仓库里的激战

中脑袋。邦德扑哧一下笑出声来,气得鲁贝尔对着邦德又连开了几枪。

邦德只能在鱼缸后左躲右闪,偶尔也回射一枪,好让鲁贝尔不能靠近他。但是邦德心里明白,他很快就要坚持不住了。对方的子弹好像射不完。而自己身上只有一个弹夹,枪里的子弹也只有两颗了。

地板上到处都是活蹦乱跳的毒鱼,邦德东躲西闪。一不小心,邦德重重摔倒在地板上。眼看着鲁贝尔就要过来了,怎么办?

他干脆抓起地上的海螺和贝壳砸向鲁贝尔,但这无济于事,鲁贝尔离邦德越来越近……

此时,邦德脑海里浮现出一幅幅画面:宝石姑娘在比格面前替他说谎;莱特和他一起在哈勒姆的酒吧里偷听他人的谈话……不能就这么认输!

邦德爬起来,纵身跳上木架。

鲁贝尔一瞬间失去了射击目标,有些慌了。

两个人都屏气凝神,屋里只有气泵声、流水声和毒鱼的乱蹦声。

"嗨,"鲁贝尔在远处镇静地喊,"快出来,不然我就扔手榴弹了!"

"好好好,"邦德双手举起,"你都把我一只脚打断了,我投降还不行吗?"

"你!把枪扔在地上,手背在后面走过来!"鲁贝尔指挥着邦德。

"好,我投降,我认输,行了吧?"邦德说着,语气尽量装成无计可施的样子。

"咔嗒"一声,邦德把贝雷塔枪丢在地板上,又趁机把刚才那枚金币贴在手心里,从木架往地上一跳,"哎哟——"邦德大叫一声,然后拖着左脚一瘸一拐地往中间过道走去。

鲁贝尔慢慢地走近他,身子微躬,端枪对准邦德的身体。他的衬衫已经湿透了,左眼角上还划了一道血口。

离邦德还有三米左右远时,鲁贝尔突然停下来,一只脚踩着地板上的一个小东西,"站住别动!"他咧着嘴,龇着满口大黑牙,"你这个好管闲事的家伙……"

鲁贝尔话音未落,邦德背着的手把金币"嗖"地往外一甩,金币落地发出叮叮当当的响声。

鲁贝尔下意识地去寻找声音的来源。

说时迟,那时快,邦德向前猛冲,飞起右腿,踢得鲁贝尔连连后退。鲁贝尔连忙扣动扳机,子弹打在玻璃天花板上,穿了个小洞。邦德弯下腰,一头往鲁贝尔的小肚子上撞去,同时双手捏成拳头,重击鲁贝尔的下半身。

"啊——呃——"鲁贝尔痛得大喊大叫。

邦德的左手痛得发麻,他还没来得及站起来,鲁贝尔已经挥起枪托猛砸他的后背,一下,两下,三下……邦德痛得恨不得把全身蜷缩在一起!

邦德咬紧牙关,发出一阵闷吼,脑袋缩着,猛烈地朝鲁贝尔的脸部挥拳,打得鲁贝尔身体直往后仰。

邦德稳住身体,一个飞脚踢了过去,钢头皮鞋直接踢碎了鲁

第十五章
仓库里的激战

贝尔的膝盖骨。

鲁贝尔叫得更惨了，他抱住膝盖骨，在地上连连打滚。

就在这时，地板一下子向两边分开，露出一个黑漆漆的洞。邦德眼看着鲁贝尔的身子离黑洞越来越近，越来越近……

这显然是邦德没有预料到的。就在鲁贝尔快要掉下去的那一刻，邦德急忙抓住了他的一只手。

鲁贝尔吓坏了，他的身子吊在半空中，嘴里叽叽咕咕地不知道在说些什么。

邦德越过鲁贝尔往下一看，只看到这个黑洞深不见底，里面传出来一阵一阵的水花声。

突然，邦德看到黑洞里有东西在翻滚，里面的水越涨越高。邦德恍然大悟，原来这里面养了一条虎鲨！

"求求你把我拉上去吧，朋友，留我一条命吧，快拉我一把，我不行了。" 鲁贝尔用沙哑的声音哀求道，"拉上去后我什么都听你的，我把什么都告诉你……"

"宝石小姐在哪里？"邦德盯住他那双暴凸的眼睛问。

"全……全……全是比格干的，是他要我去抓的。快拉我上去，伙计。"

"那个美国人莱特呢？"邦德又问。

"全怪他自己，昨天上午他说这里失火了，把我拉到这里来检查，然后他不小心掉到这里面了。我发誓这是他自己的错！我们马上把他救起来了，幸好他没有被咬死。他很快就会好的。"

邦德冷冷地盯着鲁贝尔，心想：就是你悄悄地把开关打开，然后把莱特骗到陷阱上面。邦德仿佛亲眼看见了莱特被鲨鱼追

咬，无处可逃。邦德全身燃起一股难以遏制的怒火，他毫不犹豫地松了手。

"救命啊——"

"扑通！"落水声回荡在黑洞中。

邦德弯腰捡起地上那枚金币，拿回手枪，看了看乱七八糟的战场，大步迈出玻璃房……

第十六章 飞机遇险

　　原本平稳舒坦的客舱剧烈地晃动起来，乘客们顿时乱成了一锅粥：有的被吓得哇哇直哭，有的慌忙找出救生衣，有的忙着借纸借笔写遗书……空乘人员焦急地向大家解释天气情况……豆大的雨点密集地打在机舱玻璃上，餐具室里杯盘刀叉全都飞了起来。

邦德找到藏在草丛里的汽车，拽开车门，一下子扑到了后排座位上。经过一夜的打斗，他的体力已经严重透支了，现在只想大睡一觉，好好休息一下……

还不到两分钟，邦德突然睁开眼！现在几点了？

他支起身子，看到仪表盘上显示5：00。

"还好还好，吓死我了！"看到离航班起飞时间还早，邦德长出一口气，"看来我还有时间休息一下。"想到这里，邦德立刻打起精神，开车离开海堤。

汽车奔驰在水泥公路上。

邦德按下车窗，感受着耳旁呼呼吹过的风声，竟然不自觉地哼起小曲儿来。

一路上，邦德看到许多汽车旅馆、旅行帐篷、海滨度假用品专卖店和各种卖饰品的商品摊，他觉得这里热闹极了，是个放松心情的好地方！

邦德在一家叫"海湾风"的旅馆前面停下车，准备在这里歇歇脚。

他走进旅馆，看见一对中年夫妇正一边喝着威士忌，一边收听着当地电视台播放的音乐节目。

"两位好，请问还有空房间吗？我出差路过这里，结果半路

第十六章
飞机遇险

上汽车爆胎了,我想找个地方休息一下。"邦德随便找了个借口。

这对夫妇聊得热火朝天,根本不想搭理邦德。于是,邦德掏出10美元放到柜台上,又慢慢推到他们面前。

女人笑盈盈地收下钱,男人领着邦德来到五号房间。

打开门一看,屋子里有一张双人床、一套桌椅和一间浴室,虽然简陋但还算干净。

"就这间了。"男人说完,转身就走了。

邦德放下背包吸了吸鼻子,眉头拧成一团,手不停地在鼻子前扇风,露出一脸嫌弃的表情——自己身上的味儿可真难闻!

邦德麻利地脱了衣服冲了个凉水澡,然后倒在床上呼呼大睡……

等到邦德起床时已经是上午11点钟了。他给联邦调查局写了一份详细的报告,说明了昨天晚上在仓库里的激战。不过关于金币的事情,邦德一点儿都没写,他想等彻底查清楚再说。

邦德出门买了个三明治,顺便给彼得斯堡医院打了个电话:"您好,请问莱特先生怎么样了?我是他的同事。"

"嗯……莱特先生仍在昏迷,不过没有生命危险。"电话里的人安慰邦德。

"好的,我知道了,那麻烦您好好照顾他,再见。"邦德挂了电话,整个人显得有些沮丧,就像是霜打的茄子,完全没有了打败鲁贝尔时的神采奕奕。

邦德开车到了机场,正好赶上即将起飞的飞机。

下午5点，飞机在金银岛上空盘旋一圈，在天空中留下了一道长长的尾巴，然后向东飞行，前往青山绿水的牙买加。

飞机飞过佛罗里达，越过大片人迹罕至的丛林和沼泽地，路过迈阿密，翱翔在一条条金色织带的上空——那些金色织带是由汽车旅馆、加油站、水果罐头加工厂的灯光编织起来的，颇具迈阿密特色。

接着，飞机到了目的地。

在距离地面1.5万英尺（4572米）的高空，透过稀疏的云雾俯视大地，邦德看到整个城市都闪烁着灯光，柔和淡雅，和美国大城市那种刺眼的强光迥然不同。

突然，邦德整个人颤抖起来！

原本平稳舒坦的客舱剧烈地晃动起来，乘客们顿时乱成了一锅粥：有的被吓得哇哇直哭，有的慌忙找出救生衣，有的忙着借纸借笔写遗书……

空乘人员焦急地向大家解释天气情况……

豆大的雨点密集地打在机舱玻璃上，餐具室里杯盘刀叉全都飞了起来。

邦德两手紧紧抓住座椅，一使劲儿，左手伤口又钻心地疼了起来，"嘶——"邦德疼得龇牙咧嘴。

此时的邦德也被吓得手脚冰凉，但他极力让自己冷静下来。昨天自己被鲁贝尔拿枪对着的时候不也是命悬一线吗？但最后还是化险为夷了，这说明自己大难不死，必有后福！

果真，不一会儿飞机就冲出云团，平稳地降落到了牙买加首都金斯敦。

第十六章 飞机遇险

邦德松开安全带，擦了擦脸上的冷汗，拎着手提箱跨出机舱门，走下飞机。

邦德刚走出航站楼，旁边就传来一个爽朗的声音："你好，邦德先生。"

只见一个脸庞瘦削的男青年从邦德身后跟上来。笔挺的鼻梁上架着一副大气的墨镜，充分展现出他精明能干的气质。

"嗯……是的。"邦德有些发愣。

"我是加勒比地区情报站站长斯特兰韦斯。你在牙买加的这段期间，咱们就是同事了！"斯特兰韦斯脸上挂着灿烂的笑容。

"你好，那就请你多多关照。"邦德对这个斯特兰韦斯第一印象还不错，想到接下来会和他一起执行任务，心情也随着开朗起来，一扫飞机差点儿遇险的阴霾。

斯特兰韦斯开着小吉普车带邦德回到自己的家。

一路上，邦德悠闲地瘫坐在副驾驶座上，大口地呼吸着这里的新鲜空气。马路两旁长满了仙人掌，蟋蟀们围着仙人掌不停地鸣叫。

邦德脑子里蓦地出现一个想法，蟋蟀叫得这么热闹，不会是被仙人掌扎着了吧？

想到这里，邦德突然傻笑一声。

"想到什么好玩儿的事了，笑成那样？"斯特兰韦斯好奇地问邦德，他的双眼依旧直视着前方，一丝不苟地驾驶着汽车。

"啊？我笑了吗？"邦德装傻充愣。他才不想让别人以为他是神经病呢！

"吱——"刹车时轮胎和马路发出了响亮的摩擦声。

"到了,这就是我家!"斯特兰韦斯指向自己的房子,自豪地向邦德介绍。

斯特兰韦斯热情地邀请邦德进屋,又倒了两杯威士忌拿到客厅,递给坐在沙发上的邦德。

"还没来得及详细介绍我自己呢。咳咳!"斯特兰韦斯清了清嗓子,"我曾在英国皇家海军特种部队服役,少校军衔。"

在斯特兰韦斯介绍自己时,邦德一直仔细地观察着斯特兰韦斯。他动作敏捷,语速飞快。对总部的人插手自己范围里的事毫无不满之意。

邦德推测,斯特兰韦斯应该是个工作效率很高,而且又幽默风趣的人。

斯特兰韦斯就像打开了话匣子,滔滔不绝地告诉邦德自己掌握的情报:

"传说在鲨鱼海湾附近的萨普吕斯岛上,藏着大海盗摩根的财产。但是在六个月前,出了两件怪事:一件是有个鲨鱼海湾的青年渔民突然失踪了;另一件是纽约一家匿名大财团花了一千英镑买下了萨普吕斯岛。接着,"大剪刀号"游艇就开到了萨普吕斯岛。看见的人说,游艇上全是外国人,他们还在岛上修了石阶,搭了好多帐篷呢!那些人似乎什么都有,只是偶尔从渔民手中买点儿新鲜水果和淡水。

"真不知道他们成天在岛上偷偷摸摸地干什么!他们倒是没带来任何威胁,一遇到海关的人去检查,他们就说是来捕捉热带鱼的,那个公司叫……叫,叫什么来着……哦!对,彼得斯堡的奥鲁贝尔斯公司。但我看他们经常从当地渔民手里买毒鱼,而且

第十六章 飞机遇险

是剧毒的那种！"斯特兰韦斯越说越恐惧，好像毒鱼要了他的命似的。

"前一阵子，他们往岛上运了一些爆破设备，对外说是要开一个大渔塘。喊！鬼才相信他们说的话呢！我很不放心，于是就拿望远镜偷看。是，我的确看到许多小鱼缸被搬到了船上，但我也发现了不对劲儿的地方。"

"哦？怎么不对劲儿了？"邦德很好奇。

"我发现，有六七个人是常驻在海岛上的。一个哨兵从早到晚坐在石阶上钓鱼，一看到有船靠近小岛，他马上就把船轰走。所以在白天想要登上小岛几乎是不可能的事。倒是有两个人半夜偷偷摸摸到小岛上去，但是一个也没回来，此后再也没人敢去冒险了。"

"是吗？那两个人是什么人？"邦德问。

"一个是当地渔民。他信誓旦旦地说那些人来这儿就是为了挖财宝，还非要证明给大家看。他趁着黑天半夜去了小岛，结果第二天他的尸体就被海水冲回到了岸边。鲨鱼和梭子鱼把他身上的肉吃得精光，就剩一副骨头架子了。"斯特兰韦斯说到这儿，不禁打了个寒战，"从那以后，小岛就成了一个神秘之岛。就连大白天，人们也离它远远的。"

"我一看事情不妙，马上就给伦敦打了份报告。伦敦方面一调查，发现买下小岛的财团老板就是巨人比格。"

"他——原来他买了一座岛！"这倒是在邦德意料之外。

"对，你没听错，他就是买了座岛。然后我接到命令，要不惜一切代价渗透到萨普吕斯岛去，搞清楚他们背地里的勾当。我

在鲨鱼海湾西边租下了'爱神木大厦'。"斯特兰韦斯摸摸后脑勺傻笑着说，"嘿嘿，其实就是个大别墅，它正对面就是'大剪刀号'每次去小岛时靠岸的地方。"

"我从百慕大海军基地请来两名游泳高手，架起望远镜日夜监视小岛，可是什么可疑情况也没发现。后来我忍不住了，就叫他俩游到小岛边缘去看看。没错，边缘！我没让他俩登岛，以为这样就没事了。"说到这儿，斯特兰韦斯有些哽咽，"就在他们出发一小时后，小岛上就传来阵阵瘆人的鼓声，那两个人再也没有回来。第二天，海岸上多了两副骨架，他们的下场和那个渔民一样……"

听到这里，邦德忍不住插嘴道："等一等，鲨鱼和梭子鱼是怎么回事？"

"你不知道吗？"斯特兰韦斯有些意外，"这种鱼在牙买加并不多见，而且它们也不在晚上觅食。我不信它们会主动攻击水里的人，除非水里有死鱼或者有血腥味的东西。但是在个别情况下它们也会兽性大发，但这种情况微乎其微。"

"这里以前发生过这种事情吗？"邦德问。

"有过一次。一个姑娘的脚被鲨鱼咬断了。她那时正坐在汽艇后面，两只小脚丫上下拍打着海面，小孩子爱玩儿嘛。"斯特兰韦斯说道，"那鲨鱼兴许是看见白花花的腿眼馋了，一口就把小女孩儿拽下水拖走了。"

"既然知道有鲨鱼吃人的先例，你还……"邦德没有继续说下去。

"我承认，他们的死我有责任，可是我让他们带了鱼叉和绳

第十六章 飞机遇险

索,我没想到……"斯特兰韦斯满脸沮丧,"伦敦方面叫我暂停行动,等你来了再说。"

斯特兰韦斯说完,仰头一口气干了威士忌,用期待的目光看着邦德。

"'大剪刀号'最近有什么情况?"邦德问。

"据中央情报局的情报来看,它一周来一次。"

"它总共来过几次?"

"大约20次吧。"斯特兰韦斯估计了一下。

20次,嗯……150万美元乘上20……

据邦德推算,比格从岛上已经弄走了1000万英镑。

"我都给你安排妥当了,到时候你就住在爱神木大厦!我还专门给你弄了辆车——'山地阳光'。哈哈,名字不错吧?我给它新换了轮子,很适合在这里的路上跑。我还给你找了个帮手,叫夸勒尔,从鳄鱼岛来的。"提到夸勒尔,斯特兰韦斯不住地赞扬,"他呀,水性极好,又会捉鱼,手脚麻利着呢!是个不错的小伙子。"

"如果你想游到萨普吕斯岛去,那可得好好练练体能。哦,差点儿忘了告诉你,我和你要分开住,避免别人怀疑。当然了,我也不会离你太远,我得待在金斯敦向上级报告我们的行动。你还有没有什么问题?"斯特兰韦斯问邦德。

邦德的大脑就像是个军事指挥所,迅速制订了他的行动步骤。

"不瞒你说,还真有件事得麻烦你。"邦德咧嘴一笑,露出洁白整齐的牙齿,"你和伦敦那边说一声,叫他们从海军部借一

套蛙人服，几只鱼叉枪——法国造的'香槟'牌就很好。哦，还有水下电筒和匕首。另外，弄点儿专门对付梭子鱼和鲨鱼的麻醉剂，还有美国人用的专治鲨鱼咬伤的消毒液。东西准备齐全后，让专机送过来。"邦德说了一连串装备。

邦德停顿了一下，拍了一下大腿后又说："差点儿忘了最重要的！它可是能把比格团伙一锅端的宝贝。"

第十七章 大鱼被激怒

一天,邦德和夸勒尔正游得起劲儿,一条鱼突然钻到海底泥沙里。不一会儿,它悄悄地冒出头动了一下,瞪着圆鼓鼓的双眼窥视。它的鳃轻轻地扇动,下颚上冒出长长的獠牙。

黎明的曙光揭去夜幕的轻纱，吐出灿烂的朝霞，外面的空气很是新鲜。嫩绿的青草，迎着温柔的晨风摇摇摆摆地伸展着腰肢，草尖上闪着晶莹的露珠，滚动着、闪亮着；一朵朵盛开的不知名的小花被露水滋润着，开得笑盈盈的；空气里湿润润的，青葱的枝叶、芬芳的花蕾，散发出浓郁的清香，呼吸起来让人感到格外清爽。

在二楼阳台，邦德跷着二郎腿坐在摇椅上，尽情品尝着美味可口的早餐。

金黄色的炒鸡蛋，肥瘦均匀的熏肉，配上世界上最美味的咖啡——蓝山。香槟酒杯上点缀着一片柠檬，果盘里琳琅满目的水果堆成了一座小山。

"嘿！邦德！"斯特兰韦斯站在门口朝阳台挥手。

"早上好！"邦德见斯特兰韦斯带来了一个小伙子。邦德断定，他一定就是那个鳄鱼岛人夸勒尔。

小伙子身材修长，穿着褪色的蓝衬衫和棕色的短裤，露出清晰的肌肉线条。光看他的鹰钩鼻子和淡白色的手掌，还以为他是白人呢！

邦德直接从阳台跳到门口，和夸勒尔握了握手。

"早上好，头儿！"夸勒尔说。

第十七章
大鱼被激怒

对于一个在海上踏风顶浪、辛劳一生的水手来讲,这也许是他所知道的最高头衔了。他的口气里既没有讨好,也没有谦卑,好像是在和船上的伙计讲话,言谈举止都让人觉得他是一个不卑不亢的人。

"这是夸勒尔,他对金斯敦可是了如指掌,有什么事找他绝对没问题!"斯特兰韦斯说,"没什么事我就先去忙了。"

斯特兰韦斯继续去忙邦德交给他的事了,邦德和夸勒尔开始开车游览金斯敦。

清晨的风吹进车里,凉爽宜人,公路像一条蟒蛇蜿蜒盘旋在山间。

这下邦德算是大饱眼福了!

牙买加的小山像鳄鱼背脊一样,而交叉公路就是这鳄鱼背上的脊梁骨。马路两旁长满了各种各样的热带植物:绿油油的竹林、暗绿色的面包树、乌木树、桃花心木树和洋苏木树。

汽车开到平原地区,邦德又看到一望无垠的甘蔗林和香蕉林。

他们路过闻名遐迩的卡斯尔顿棕榈花园,夸勒尔不禁给邦德讲起自己的经历:"我给你讲个好玩儿的事情!我保证你从来没听说过。"

"哦?我从没听说过?说来听听。"

"有一次,我亲眼看见一只蜈蚣和一只蝎子决斗!"夸勒尔兴奋起来,"那只黑色蜈蚣有50厘米长呢!蜈蚣用两只前脚把蝎子死死按住,毒牙狠狠扎进蝎子的肚子。那只蝎子个头也不小,它的尾巴使劲儿挣扎,想要刺到蜈蚣。蜈蚣长长的身子灵活

极了，左躲右躲就是不让蝎子得逞。不到半分钟，蝎子就不动了，蜈蚣慢慢拔出毒牙，绕着蝎子转了两圈，炫耀着自己武力的强大。它又爬到蝎子身上，用它那两只鲜红色的触角有一下没一下地探着蝎子的身体，像是在找蝎子身上最美味的那块肉……"

他告诉邦德很多稀奇古怪的事情，比如，怎样区分雄性巴婆果树和雌性巴婆果树，树林中哪些植物有毒，哪些热带草药可以治什么病，椰子果为什么会自己崩开，一只鸟嘴巴张开的时候舌头有多长等。

虽然他有时候用词不准确，比如把飞蛾说成是蝙蝠，"喜欢"说成"热爱"，讲话时还经常抬起手来跟熟人打招呼，但夸勒尔讲得津津有味，邦德也仿佛身临其境，被他带到那个充满生机与奥秘的热带雨林。

迎面开过来一辆公交车，里面黑压压地挤满了乘客。当司机认出夸勒尔时，还嘟嘟地按了两声喇叭。

邦德对夸勒尔说："你在这儿的熟人不少啊！"

夸勒尔回答说："我每个星期都要来两趟金斯敦，慢慢就和大家熟络起来了，嘿嘿。"

他们来到鲨鱼海湾。这里四面环绕着棕榈树。它们抖开又长又宽的绿色手臂，向四面伸展，就像一群身穿铠甲、昂首挺胸的钢铁战士。错落有致的小木屋坐落在棕榈树间，别有一番风味。

邦德站在海湾的高堤眺望，一长串礁石映入眼帘。海水轻轻拍打在礁石上，溅起细细的水花。

半里以外就是萨普吕斯岛，圆形小岛冒出水面约100英尺（约30米），就像蓝色的陶瓷盘子上摆着一块抹茶蛋糕。小岛

第十七章
大鱼被激怒

西面的避风湾非常平静,东面的海浪比较强烈,腾起簇簇浪花。

"喏,你看那个屋顶。"夸勒尔把望远镜递给邦德,指了指小岛上的森林。

顺着夸勒尔手指的方向,邦德看到郁郁葱葱的树冠中,有一个泥巴房的房顶显得与众不同,有几缕青烟从房顶烟囱里飘出来。

但邦德最关注的,还是海湾和小岛之间的这片海域。一小时以后,小岛的一切信息都刻在了邦德的脑子里。

"这就是让人闻风丧胆的那片海域?"邦德双手交叉抱在胸前,转头问夸勒尔。

"是啊!想偷溜上小岛的人都要从这儿游过去,他们下去了就没再上来。"夸勒尔有些惋惜。

邦德就地脱下衬衫,慢慢往水里走去。夸勒尔见了急忙把他往回拉:"你要干什么呀?现在还不是时候!"

"我要看看这水到底有什么魔力!放心,我就在浅水区游一会儿,不会出事的。"邦德挣开夸勒尔的手,开始在浅水区游泳。

畅游在暖洋洋的海水中,邦德对这片海域开始了各种猜想:这里会有什么鱼呢?鲨鱼,梭子鱼,章鱼……会不会有海怪?还是他们在水里布下了陷阱?

大海是一本天书,里面蕴藏着无数的奥秘,任何人都不可能把它全部读完。

半个小时后,邦德游得有些累了,便上岸去休息。夸勒尔看到他背上有块红斑,咧嘴笑了笑:"哈哈,我打赌,一会儿你后

背肯定要发痒。"

"啊？为什么呀？"邦德不解地问。

"你被白蛉当作美餐啦，被它们咬了之后会痒得你睡不着觉。你快去洗个澡吧，然后我给你擦点儿'秘方'，保证你不会痒。"夸勒尔带邦德去他的秘密据点——一个小木屋歇脚。

邦德冲了澡出来，夸勒尔像变戏法儿似的拿出一瓶药水。邦德趴在木板床上，后背上已经有几处鼓起了脓包。夸勒尔把药水一滴一滴地挤到脓包上，再用手指肚轻轻打圈按摩，直到药水全部被吸收。

"哎呦，轻点儿！轻点儿！"邦德忍不住喊疼，眉头皱成了"川"字，鼻翼一张一翕，"我怎么闻到一股子木馏油的味儿？"

"这是我们鳄鱼岛专治白蛉叮咬的秘方，别处都没有呢！"夸勒尔十分骄傲地说道。

鲨鱼海湾的夜晚是那么令人陶醉，漆黑的天穹里布满了点点生辉的星星，显得格外耀眼。一轮明月高高地悬挂在空中，淡淡的光像轻薄的纱，飘飘洒洒的，映在海面上，像撒上了一层碎银，晶亮闪光。一阵阵凉风吹过，把棕榈树叶撩动得沙沙直响。

夸勒尔听到屋外的风声，把头伸到窗口说："你听！阴风吹来了。"

"你说什么？"邦德惊讶地问。

"水手们叫它阴风。"夸勒尔说，"据说，这股风是魔鬼从小岛上吹过来的，每天晚上6点到第二天早上6点从不间断。"

第十七章
大鱼被激怒

夸勒尔突然用疑惑的目光看着邦德，半认真半开玩笑地说："我猜，你要办的事就像这阴风一样让人不痛快，是吗，头儿？"

邦德笑了几声说："你说得没错，我就是要斩断这股阴风。"

小木屋四周热闹起来，藏在草丛中的蟋蟀和草蛙放肆起来，"呱呱呱"地叫个不停。十几只飞蛾拼了命地扇动翅膀，但是铁纱窗的网把窗口封得严严实实，飞蛾们闯不进来，只好"嗡嗡嗡"乱叫，在纱窗上撞来撞去。窗外会有偶尔打渔归来的渔民，或是一群互相嬉笑打闹的姑娘……

给邦德涂完了药水，夸勒尔又赶紧到厨房，杀鱼、洗菜、打鸡蛋——马上要到晚饭时间了。

邦德坐在油灯下，一丝不苟地翻看着一本厚厚的书。斯特兰韦斯专门去了牙买加大学，从图书馆为邦德借来了书，这些书是专门介绍海洋生物的。

"巨型章鱼平均直径9.8英尺（约3米），重70磅（约31千克），它们有着令人恐惧的触手，每条触手至少有100英尺（约30米）长，有一艘大船的桅杆那么厚。它有着数以百计的碟状吸盘，最大吸盘的直径至少是1英尺（约0.3米）……"

看到这里，邦德恍然大悟！他的注意力一直放在那些鲨鱼和梭子鱼上面。比格会不会用章鱼来封锁海区呢？

半夜，邦德做起了噩梦——巨大的枪乌贼舞动着十条触须，双髻鲨张着血盆大口，梭子鱼锯齿般的牙齿又长又硬……邦德出了一身冷汗，嘴巴里叽叽咕咕不停地说着梦话。

第二天一早，夸勒尔就开始指导邦德进行游泳训练。每天早饭前，邦德都要绕着海边游1英里（约1609米），再跑回小屋。

9点钟左右，两人进行独木舟划行训练。他们先快速划到布鲁迪湾，再转头向橘子湾，然后回到出发点。有时，他们会在中途停下，下水游一会儿。夸勒尔每次都把鱼叉、面罩和一只旧的捕鲸枪带在身边，以备在水中游动时对付突然袭来的鲨鱼。

他们在海里游动，彼此距离几米远。夸勒尔游得既熟练又自在，简直就像是生在大海里的鱼儿。不久，邦德也掌握了诀窍——就是看准时间，顺着涡流划水，像是在水中施展柔道一样。

每次训练结束，邦德身上都会被珊瑚礁刮得满是血痕，夸勒尔先是无情地嘲笑他一番，然后再耐心地给他上药按摩，同时还给邦德"上课"，讲当天看到的鱼类都分别有哪些特性……

一天，邦德和夸勒尔正游得起劲儿，一条鱼突然钻到海底泥沙里。不一会儿，它悄悄地冒出头动了一下，瞪着圆鼓鼓的双眼窥视。它的鳃轻轻地扇动，下颚上冒出长长的獠牙。

夸勒尔抽出鱼叉枪，用尽全力甩向它的肚子……

"嘣——"

那条鱼全身突然胀起来，像响尾蛇一样快速摆动着尾巴，嘴巴疯狂地张开，朝着夸勒尔扑过来！

不好！邦德一看形势危急，马上用自己的鱼叉刺向它！

鱼叉扎在它的上颚中间，大鱼赶紧闭上嘴，死死咬住鱼叉杆，用力往旁边拉。邦德使出吃奶的劲儿往回拉，一秒，两秒，三秒……

第十七章
大鱼被激怒

要坚持不住了！邦德已经快没劲儿了，眼看大鱼要把他拽走了……

就在这时，夸勒尔的鱼叉狠狠地刺进了大鱼的肚子！

大鱼被激怒了，拼命摆动着，插在身上的鱼叉一摇一晃。它左摆右晃，想把扎到嘴里的鱼叉甩开，夸勒尔几乎也拉不住鱼叉了。

邦德看到旁边有块礁石，突然急中生智！

他在水下冲夸勒尔比画，让他扶住礁石。果然，夸勒尔省劲儿多了，大鱼在一番垂死挣扎后，终于一动不动了。两人拖着大鱼游回岸边。

整条鱼重量不到20磅（约9千克），却整整有4英尺（约1.2米）长。夸勒尔用刀把大鱼的喉咙割断，费了好大劲儿才把鱼叉扯下来。鱼叉铁杆上已经有了好几个深深凹陷的牙印。夸勒尔用一根木棒撬开鱼嘴，两排密密麻麻的牙齿就像锯齿铡刀一样。

"今天要没有你，我至少要在医院躺一个月，"夸勒尔开玩笑说，"说不定连脸都没了！"

"真的不想再碰到这家伙了，"邦德打趣说，"我可是靠脸吃饭的！"

一个星期以后。邦德像完全换了一个人一般，身上的大城市痕迹荡然无存，俨然就是个地地道道的渔民！他全身被晒得黝黑，皮肤也变粗糙了，浑身上下流露出渔民的气质。

夸勒尔看着自己的学生，感到十分满意。他对邦德说："你该上岛了，头儿。"

第八天黄昏的时候,他们从鲨鱼海湾回到金斯敦的住处,斯特兰韦斯正在那儿等他们。

"好消息!好消息!"邦德还没进屋,他就大叫起来。

"你的朋友菲利克斯·莱特已经醒了!但是,"斯特兰韦斯停顿了一下,"医生不得不锯掉他的一只手和一只脚,而且他还要做整容手术。他很想捎个信儿给你,他醒过来的第一句话就是问你怎么样了。没能和你一起行动他很遗憾,还嘱咐你一定别把脚弄湿了。"

幸福来得太突然,莱特醒了!邦德高兴得几乎要跳起来了!

"哈哈哈,莱特没事了,莱特没事了!我就知道他会挺过来的!"邦德抓着夸勒尔的胳膊,使劲儿晃。夸勒尔一脸茫然,呆呆地看着发疯似的邦德。

"哦,不是你。"邦德看着自己抓的是夸勒尔,立马又转向斯特兰韦斯,"告诉莱特我想死他了!让他好好养病,任务一结束我立马就去看他。"

"我要的那些东西都准备好了吗?"提到任务,邦德立马关心起自己的装备来。

"喊,我是谁呀!能弄不到吗?"斯特兰韦斯说,"'大剪刀号'明天就到萨普吕斯岛了,比格也在船上。另外,据中央情报局的人说,船上还有个叫宝石的姑娘,你认不认识?"

"唉——"邦德叹了一口气,"是我害她被比格抓走的。"

邦德走出房间,来到阳台上,天上的星星向他眨着眼,似乎在传递着神秘的信息……

第十八章 比格终于来了

今晚,他要化身为英雄,去解开成千上万个秘密。

他,邦德,一个只在水里扑腾了一个星期的人,要独自一人潜游在冷冰冰的海水中,穿越神秘的海底森林,奔向一个死亡堡垒!

斯特兰韦斯换了个话题:"你的装备都齐了啊,明天你到我那儿验验货吧!我就先回去了。"

斯特兰韦斯走后,邦德又把那几本有关鲨鱼、梭子鱼的书翻出来仔细研究。

书上所写的远远不如夸勒尔讲的丰富多彩,那些书都是科学家们编写的。

"……在水面上,任何一具躯体都会引来一大群鱼,所以携带呼吸器在水下活动更安全……"

"……人在水面上时,很容易遭到鲨鱼的进攻,尤其是水中有血腥味和游泳者的气息时,鲨鱼会因受到刺激而变得兴奋狂躁……"

"……有时周围的声音也会把它们吓跑。如果人类在水下大叫大嚷,它们也会游开;要是人和鲨鱼相对而游,它们也会远远躲开……"

"……美国船舶研究实验室发现,一种醋酸铜混合剂能有效预防鲨鱼攻击。在美国,军用救生背心都配有这种混合试剂。"

邦德把书上的话读给夸勒尔听。

一开始,夸勒尔还是一副无所谓的样子,可当邦德读到美国海军部的实验时,他的神情完全变了。

第十八章
比格终于来了

"……一大群鲨鱼被捕虾船上的烂鱼味吸引了过来。我们准备了两盆鲜鱼,一盆没有防护剂,一盆加有防护剂……"

"……摄影师把镜头调整好后,我舀了些鲜鱼投进海里,那些鲨鱼马上扑了上去,一口把它们吞得干干净净。半分钟过后,我往水里投了一些加有防护剂的鲜鱼,鲨鱼扑上来,只吃了几秒钟就游开了……"

"……我又把没有防护剂的鲜鱼投下去,鲨鱼又围了上来……我重复了三次,结果都是一样的。只要鲜鱼加了防护剂,鲨鱼根本不吃,它们就远远地守着……"

"你觉得防护剂这东西管用吗?"邦德问夸勒尔。

"弄点儿来试试呗!"夸勒尔嘴上这么说,但心里还是不太相信。

邦德打电话通知华盛顿方面,说要鲨鱼防护剂。华盛顿方面回应保证四十八小时之内送到。

晚上睡觉前,邦德心里就想清楚了,除非水里面有血,否则鲨鱼是不会攻击他的。如果碰上了章鱼、锯鳐,他就待在原地不动。

其实,那些海胆刺鱼才是最烦人的呢!一般人很难躲过它们身上的刺。

第二天早上,邦德和夸勒尔7点钟就出发了,上午十点半才到了斯特兰韦斯的住处——爱神木大厦。

"哎,我听说,这里以前是个1000多英亩(约4047平方米)的大庄园呢!"夸勒尔兴奋地跟邦德分享八卦。

"嗯,是克伦威尔时代的大庄园,你看它的名字——爱神木大厦,这是18世纪典型的浪漫主义风格。"

这里原先是一个种植园,占地1000多英亩。"大厦"耸立在高坡上,前面就是海湾。

这里景色秀丽,四周一片葱翠。西班牙辣椒树和柠檬树长满在屋子四周。

放眼远眺,整个庄园都掩映在硬木树、棕榈树的浓荫之中。

他们顺着林荫道,一直把车开到大厦门口,屋里带有洗澡间,家具都是用竹子做的,甚至还铺有地毯。斯特兰韦斯正在等着他们呢!

"你们终于来了!我还担心你们会迷路呢。"斯特兰韦斯说。

"你也太小瞧我了吧?虽然说你这庄园是挺大,但我也不至于迷路啊。哎,不过说实话,你这地方确实不错!有山有水,你可真会享受。"想起在鲨鱼海湾住了一周的小木屋,邦德说话有些酸溜溜的。

"哈哈,快来看看你的装备吧!"斯特兰韦斯招呼邦德和夸勒尔进屋。

桌子上堆着邦德的装备,邦德穿上蛙人潜水衣,黑色的橡皮衣紧绷绷地贴在身上,橡皮脚掌不大不小,正合适!还有一支崭新的"香槟"牌强力鱼叉枪、一把多用匕首、两个潜水氧气罐。邦德拎起氧气罐掂了掂,还挺轻巧的!

"别看它小,每个氧气罐能压缩1000升的空气呢!足够你在水下游两个小时的。"斯特兰韦斯补充道。

第十八章 比格终于来了

"咦?这个东西在水下能用吗?"夸勒尔指着桌子上的炸弹。

"这个啊,是水下磁性爆破弹。"邦德把一个炸弹拿在手里检查。

"那它们的引爆线怎么不一样长呢?"夸勒尔第一次见这种炸弹,十分好奇。

"它们的引爆时间不同,从10分钟到8个小时不等,为了适应任务需要嘛!"邦德耐心地给夸勒尔解释。

"你干脆出一本《十万个为什么》算了,哈哈!"斯特兰韦斯在一旁开玩笑。

"夸勒尔,不用理他!走,咱们俩去鲨鱼海湾踩点,我得设计一下潜水线路。"说完,夸勒尔和邦德把所有装备搬上车,开往鲨鱼海湾。

下午5点钟,斯特兰韦斯来到鲨鱼海湾找邦德。

"最新消息!'大剪刀号'10分钟后抵达萨普吕斯岛。

"比格的护照上写的是化名——加里亚。

"那个姑娘的名字是西蒙娜·拉特莉。

"船上大约有100个空鱼缸,暂时没发现异常情况。

"海关人员检查时,比格在船舱里看书。"

斯特兰韦斯一口气说了一大串。

"宝石呢?她怎么样?"没听到宝石姑娘的消息,邦德忍不住追问。

"瞧我这脑子!"斯特兰韦斯懊恼地拍着脑门说道,"那个

姑娘还在船舱里休息，她看上去很疲惫的样子，船长说她晕船了。"

这时，夸勒尔走进屋子说："'大剪刀号'已开到暗礁区了，头儿。"

三个人赶紧跑到海边，大家都不敢靠得太近，只能用望远镜观察它。

"大剪刀号"游艇很漂亮。

船有70英尺（约21米）长，船身是纯黑色的，上面的建筑是清一水的深灰色。

1947年，一个百万富翁打造了"大剪刀号"，配备两台通用汽车公司造的柴油机、最新式的无线电设备、钢铁船壳。船头挂着英国商船旗，船尾飘着美国星条旗。

"大剪刀号"左拐右拐，穿过暗礁区，最后在萨普吕斯岛石阶湾道口抛了锚。

邦德看着手表，记录了铁锚的下落时间。

邦德从两只铁锚的下落时间，判断那里的海水有20英尺（约6米）深。

一个宽大、熟悉的身影在甲板上出现了。

是比格！

他走到船边，伸脚踏上搭在船舷的栈桥，然后慢吞吞地走上陡峭的石阶，每爬几步他就要停下来休息一下。

有两个人抬着一副担架跟在他身后。很显然，担架上有人！

透过望远镜，邦德看到了宝石姑娘的黑头发。用担架只是为

第十八章
比格终于来了

了不让这边岸上的人看出是她。

"宝石,真的是你,宝石……"邦德激动得喃喃自语。

接着,12个人顺着石阶站成一队,把船上的鱼缸一个接着一个传上了小岛。

"……118,119,120。"夸勒尔数了数,共有120个鱼缸。

"怪了,以前可没这多鱼缸,今天怎么搬起来没完了?"斯特兰韦斯说,"平常最多也就15个鱼缸。"

他的话刚说完,就见一个人捧着一个鱼缸,从岛上小心谨慎地又搬回船上。

透过手中的望远镜,他们见到鱼缸里盛有一半的沙子。要把这样一个鱼缸从岛上搬到船上,前后要花5分钟。

"我的天!"斯特兰韦斯说,"他们已着手往回运了。这么说,他们已经决定把这个地方搬空了?这难道是他们跑的最后一趟了?"

邦德细心地观察了一阵,然后转身回到小木屋,一声不吭。夸勒尔留在那里继续监视。

斯特兰韦斯追着邦德回屋,却看见邦德望着窗外发呆。

晚上6点钟,轻柔的海风拂过水面,激起一层层涟漪;昏暗的树林中,出现了点点飞舞的萤火虫,东边的天空高高挂着一轮皎洁的月亮。落日余晖映射着几片云彩。棕榈树被阵阵"阴风"一吹,发出沙沙的声响。

"阴风……"邦德歪着头冷笑起来。

看来今天晚上必须行动！

只有这一次机会了！

自己千里迢迢赶到这里，不就是为了今天吗？

一路上欠下四条人命，不就是为了这一场搏斗吗？

一想到自己将要去海底冒险，前途未卜，一股恐惧感在邦德心中油然而生："我会不会惊动海底那些生物？它们蠕动着黏糊糊的触须，径直扑向我怎么办？"

今晚，他要化身为英雄，去解开成千上万个秘密。

他，邦德，一个只在水里扑腾了一个星期的人，要独自一人潜游在冷冰冰的海水中，穿越神秘的海底森林，奔向一个死亡堡垒！

真是太不可思议了。在他之前，已经有三个人死在了奔赴这个堡垒的途中。

也许这真的很危险。想到这里，邦德身上的肌肉不禁抽搐起来，手心直冒冷汗。

"咚咚咚！"夸勒尔敲敲门，从外面走进来。

"他们顶着月亮干活呢，头儿。"夸勒尔笑着说，"仍然是每隔5分钟搬一只鱼缸。我算了算，他们至少得十个小时之后才能干完，也就是说要干到明天凌晨4点钟。而且，早上6点钟之前他们是不会开船的，天黑开船太危险。"

"我10点钟准时出发。"邦德对夸勒尔说，"晚饭熟了吗？我得先吃点儿东西。还有，把我的装备提前准备好，全部放到草地上。"

第十八章
比格终于来了

"头儿……"夸勒尔有些犹豫地说,"你要的鲨鱼防护剂还没到呢。"

"管不了那么多了,听天由命吧!"邦德语气坚定地说,"对了,给我带上能燃烧五至八小时的导火线,再加一根15分钟的留作备用,以防万一。"

"放心,头儿。"夸勒尔说,"我这就去给你准备。"

说完,夸勒尔离开了屋子。

斯特兰韦斯正坐在椅子上喝威士忌,邦德单手插兜走到他身旁,拉了一把小椅子坐下,抢过他手中的酒瓶,给自己倒了一杯,一饮而尽。

"嘶——怎么这么辣?"邦德已经一个多星期滴酒未沾了。

斯特兰韦斯看着邦德,心里有些不是滋味儿。两个人心里都跟明镜儿似的——邦德这次凶多吉少。

"他们开船之前都要干什么?要多长时间才能收拾完岛上的东西?船开过暗礁区要多长时间?你再给我详细地讲讲,我还要再把整个流程核实一遍。如果这是他们最后一次来这里,那么他们还得带上守岛的六个人,我们得好好考虑这些情况。"邦德仔细思考着行动方案的各个细节,暂时忘记了内心的恐惧。

"他们开船之前都要清点鱼缸……"斯特兰韦斯和邦德一直聊到将近10点。

下水前,邦德戴上潜水头盔,把水下爆破弹拴在胸前,又在腰带上裹了一层铅皮,好让自己能在潜水过程中保持平衡。

10点整,一个黑色的身影纵身跳进了大海……

"一路顺风,一路顺风,一路顺风……"夸勒尔一边在胸前画着十字,一边为邦德祈祷。

他转身和斯特兰韦斯回到了屋里。两个人躺在床上,呆呆地盯着天花板,心里七上八下的,等待着第二天日出……

第十九章 海底探险之旅

它们翻滚腾跃,把海水搅得一股一股地直往上翻。一个又一个的浪头涌过来,将邦德推出了好几英尺远。他明白,要是那群梭子鱼冲过来,他身上的蛙人服会被撕得粉碎,自己手上的鱼叉就跟玩具没什么两样。

"咕咚!"

邦德一下水就立刻沉到了海底。

海底全是厚厚的沙子,很平坦。邦德一刻也不敢耽搁,脸挨着沙面向前快速游动。

游着游着,邦德碰到了一团珊瑚。他停了下来,观察了一下,吐出的气泡像一串珍珠一样撞在珊瑚上,然后向水面升去。"希望这些气泡能被水面上的波浪冲散,替我打些掩护。"邦德心想。

在岸上看水下一清二楚,但从水下看四周,黑魆魆的让人看不清任何东西。

邦德冒险打开手电筒,终于看清了这个海底王国。

棕色的珊瑚树立刻有了动静,深红色的海葵舞动着触须向他袭来;一大团黑海胆突然惊起,竖起了钢尖似的尖刺;一只毛茸茸的海蜈蚣也不再爬动,抬起没有眼睛的头好像是在寻找什么……

珊瑚树下面藏着一只河豚,脑袋上长满了肉瘤,异常丑陋。它一会儿把脑袋伸出来,一会儿又缩回去。

五颜六色的小海虫被吓得够呛,飞快地钻到软乎乎的泥沙里,把自己藏起来。五彩缤纷的海蝴蝶,迎着手电筒的光柱游了

第十九章 海底探险之旅

过来。

海底的贝壳绚丽多彩,有的贝壳上有许多黑色和黄色的小斑点,非常密集;有的底色是白色的,两头的边缘是波浪形的,中间是空心的。如果从上方观察,它就像一条小鱼,正在清澈的海水里欢快地游动。如果从侧面观察,它就像一只小螺号,在尽情地歌唱。

那些水母就像一把把游动的小伞,有红的、蓝的、白的,还有黑的。有的好大好大,估计有4厘米长;有的好小好小,估计只有2厘米。它们有着一个半圆的、小巧玲珑的"头",虽然它们很小,但也是"五脏俱全"。水母的所有器官都在里面:中胶层、消化循环腔、胃皮层、嘴、肛门。

邦德把手电筒关掉,塞在皮带扣里。

透过隐约的月光,邦德看见前面是一条弯弯曲曲的凹沟。他离开珊瑚树,轻轻地抬脚往前走,下面的路越来越艰难……

坚硬的珊瑚礁把凹沟封得越来越窄,最后成了一条死胡同。一不小心就会迷路,走到另一条水道上。

有时,他要爬过一片错综复杂的珊瑚林,但这样很容易冒出水面,可他不得不这样做。每走一会儿,他就在大珊瑚礁中间稍微停一下。趁着休息时,他观察起那些磷光闪闪的微生物来,欣赏着它们忙碌的夜生活。

游了这么久,邦德一条大鱼也没有看到。不过,倒是有许多大龙虾从洞里爬出来,它们虎视眈眈地盯着他,眼睛鼓得跟酒杯底一样大。它们摆动着带锯齿的长触须,拦住他的去路,好像在跟他要通行证似的。有时候龙虾们也会很害怕,它们跳到屏障

后,用力把尾巴往上一甩,扬起一团沙子。

这时,有只僧帽水母在邦德头顶慢慢飘过,长长的卷须差一点儿扫到他头上。

他想起上次在鲨鱼海湾游泳时,也被这样的卷须扫了一下,结果疼了三天三夜。夸勒尔告诉他,要是它们从他的胸上划过,他就活不成了。

邦德还看到几条绿色的花斑海鳝。它们像蛇一样贴着沙面,扫出一条弯弯曲曲的小道,然后躲在石缝中,伸着头,龇牙咧嘴地环顾四周。

邦德的鱼叉不小心碰到了几只西印度黄麻鲈,它们的身子顿时鼓胀起来,全身竖起白色的尖刺。宽大的海团扇在涡流中摇晃着、旋转着……

邦德感觉脚边时不时有东西在旋转。他提高警惕,将食指扣在鱼叉枪的扳机上。就这样,他小心谨慎地爬过了珊瑚礁群,走到一颗黑色的珊瑚旁,准备靠着它休息。

邦德突然惊喜地发现,前面已经没有障碍了!灰白色的海水就在前方不远处,自己马上就要走出去了!

但想起刚才经过珊瑚礁时,蛙人橡皮衣差点儿被刮破,他还是心有余悸。现在总算把那群烦人的珊瑚礁抛在后面了。下面该和鲨鱼、梭子鱼打交道了……

突然,他的双脚猛地撞在了珊瑚礁上!

邦德刚意识到危险,一根触手就从下而上缠绕在他的腿上。借着淡淡的月光,他看到一串紫红色的东西正在朝自己扑过来!

他心里一惊:"不好!是章鱼!"

第十九章 海底探险之旅

邦德马上站起身子左右摇摆,想甩开束缚。可是,他的脚一动,章鱼的触手缠得更紧了。接着,章鱼使劲儿把邦德往一块大石头后面拽,邦德东倒西歪,没办法保持平衡,快要摔倒了。

因为前胸挂着炸弹,背上又有氧气罐,邦德没办法立刻逃跑。于是,他赶紧从皮带上抽出匕首,顺着腿往下划,心想:看我不把你的触手切个稀巴烂!

但一块礁石挡住了邦德,他使不上劲儿了!而且邦德也担心这一刀下去,蛙人橡皮衣会被自己划烂。

就在他犹豫不决的一瞬间,章鱼一使劲儿,他就倒在了海底,被触手往石头缝里拖拽。邦德赶紧把手插到海底沙子里,翻身把匕首挥起来,但胸前又有个小石丘挡住了他!

千钧一发之际,他想:我还有鱼叉枪!现在,一切都只能靠这杆枪了。邦德回过头,看见鱼叉枪就在旁边的沙堆上,他抓住鱼叉枪对准章鱼……

"真倒霉!"邦德气得咒骂。胸前的炸弹挡住了他的视线,他没法瞄准。于是,邦德只好将枪管顺着大腿滑下来,等待时机。可刚一放下来,鱼叉枪马上就被另一根触手缠住,拉向一边。

"管他呢!"邦德顾不上那么多了,闭着眼睛扣动了扳机……

石头缝里喷涌出一大股黏稠的黑汁,弄得邦德满脸都是。同时,他感觉脚上一松,然后赶紧把两只脚抽了出来。他活动了一下双腿,握住刚才被拉走的鱼叉枪,往前使劲儿一拉!鱼叉枪终于从那团黑水中被抽了出来。

邦德赶紧从大石块边上走开。此时，他已经气喘吁吁，累得满头大汗了。

他把鱼叉枪装好后，顶着水面上的亮光继续往前游……

他集中精力，让头和海底保持十几厘米的距离，整个身子躬成一个优美的弧线，匀速向前移动。

他用眼角的余光看见一条魔鬼鱼笨拙地游过来，它的身形就像乒乓球台那么大！他记得夸勒尔说过，这种鱼一般不主动发起进攻，只会在自卫时变得凶猛起来。

许多大鱼的影子在邦德周围晃动。有个像飞机似的阴影足足跟了他1分钟，邦德抬头一看，原来是条鲨鱼！鲨鱼斜侧着身子，瞪着一对粉红大眼，好奇地盯着他吐出来的一串串水泡，皱巴巴的嘴缩在一起。

过了好一会儿，它才摇摆着镰刀形的尾巴向一边游去，消失在了海水深处……

一群鱿鱼也被鲨鱼惊散了，它们的身子又软又亮，悬在水中，几乎拉成了一条垂线。很快，它们又整理好队形，摆动着流线型的身体游走了。

邦德看到了小块的珊瑚，这说明他已经接近岸边了！

这时，他看到了梭子鱼，那副恶相和他记忆中的一模一样。它们像一群饿狼一样将他围在中间，游来游去。

突然，他看到一个金属轮廓悬吊在前面。毫无疑问，那就是"大剪刀号"的龙骨！邦德看到了希望，浑身像打了鸡血一样全速前进。

他看了看手表，11点零3分。他赶紧卸下胸前的炸弹，选了

第十九章
海底探险之旅

一根七小时的引爆管,抱在胸前,游向"大剪刀号"。

邦德离船身越来越近,磁性定时炸弹产生了一股很大的拉力。邦德几乎是被它拖着往前游,他使劲儿克服拉力,避免了炸弹和船壳碰撞出声,惊动岛上的人。

邦德选好位置,把炸弹贴到船底,设置好定时器。他又纵身向下一沉,打算到那堆乱石后面歇歇脚。没想到,一场混战在他身后拉开了序幕……

一群大梭子鱼,夹杂着几条鲨鱼,突然在水里发起疯来,像一群歇斯底里的野狗。

它们翻滚腾跃,把海水搅得一股一股地直往上翻。一个又一个的浪头涌过来,将邦德推出了好几英尺远。他明白,要是那群梭子鱼冲过来,他身上的蛙人服会被撕得粉碎,自己手上的鱼叉枪就跟玩具没什么两样。

邦德想起了鲨鱼防护剂。

遗憾的是,在他下水前华盛顿方面没把防护剂送来。看样子,自己马上会成为它们的美餐了。

此时,M局长、莱特、宝石、斯特兰韦斯、夸勒尔浮现在邦德脑海中……

"我不能放弃!"邦德顺着船壳拼命地往前游,他紧咬牙关,瞪着眼前翻滚的海水。

鱼群冲过来了!一条梭子鱼游到他面前,嘴巴大张,一口把一块儿棕色的、发亮的东西吞到肚子里。然后,它摇着尾巴转过身,继续和同伴争抢……

邦德突然意识到,头顶已经没有了光亮。他小心翼翼地仰起

头,只见银白色的水面已变成了一片血淋淋的深红,令人毛骨悚然!

翻腾的海水一波又一波地朝着他涌过来,把一些条条带带的东西冲到他旁边。他用鱼叉枪捞过一根,放到头盔前。

"哕……"邦德干呕起来。

他明白过来,深红的海水是被血染红的,那些条条带带都是臭烘烘的动物内脏。而这些东西都是上面的人故意倒在海水里的。

第二十章 隐蔽的地洞

邦德在大石头上找了个踩脚的地方，想顺着它浮到水面上去，先找个地方躲起来。就在这时，他发现在石头后面有一个隐蔽的地洞。"哈哈，真是天助我也！这里居然有地洞。"邦德在内心欢呼起来。

邦德心里的一个疑团被解开了。

这些梭子鱼和鲨鱼之所以在小岛周围出现,是因为它们每天都能在这里饱餐一顿啊!以前那三个企图登上小岛的探险者,就是像现在这样被它们咬得稀巴烂,只剩下一副骨架,然后被海水冲回岸边。

比格真是老奸巨猾!他驯化了这些凶残的鱼,把它们变成了杀人的工具。这一招真是巧妙,很有想象力。这群恶鱼的杀伤力极大,没人能对付得了成群的梭子鱼。

邦德还在感叹比格的手段巧妙,突然,有什么东西扯了他肩头一把。他扭头一看,只见一条大梭子鱼从身边游走,嘴巴上挂着一片橡胶皮和他身上的一块肉。

此时此刻,他也顾不上疼了,慌忙朝那堆乱石冲去,躲到后面。"总这么躲着也不是个办法……"邦德环顾四周,开始想办法逃生。

他看到前面不远处有块大石头,石头的顶端已经露出了水面。他急忙游过去,刚想躲起来时,一条梭子鱼张着血盆大口,露出锋利的锯齿,极速地朝他冲了过来!

邦德急忙举起鱼叉枪,来不及瞄准就扣动了扳机,倒钩带着橡皮带子"嗖"的一声飞了出去。梭子鱼正好张着大嘴,倒钩一

第二十章 隐蔽的地洞

下子钉在了它的上颚中间。梭子鱼被攻击后，猛然停了下来。

邦德发现，再有3英尺（约1米），就3英尺，梭子鱼就要撞在自己身上了。一想到后果，邦德不禁出了一身冷汗。

梭子鱼停在他面前，左右摇摆，想闭上嘴，但那只倒钩扎着它的上颚，怎么也闭不上。梭子鱼又使劲儿一甩头，朝一边逃去，鱼叉枪被拽走了。长长的橡皮带连着鱼叉枪，这可是邦德在水下保命的工具啊！邦德不敢起身去追，因为他只要一露面，那群恶鱼就会把他撕成碎片，吞到肚子里。

邦德的肩膀还在不停地流着鲜血，周围的海水已经被染红了一片。邦德推测，过不了几秒钟，那群鱼就会顺着血腥味追过来，没准还会招来鲨鱼，那时后果就不堪设想了！

邦德在大石头上找了个落脚的地方，想顺着它浮到水面上去，先找个地方躲起来。就在这时，他发现石头后面有一个隐蔽的地洞。

"哈哈，真是天助我也！这里居然有地洞。"邦德在内心欢呼起来。

由于要赶紧逃命，邦德也不敢在洞口多停留，赶紧弯下身子，一口气游到洞里才敢停下来。

邦德站直身子，打开手电筒。他想，即使鲨鱼追到地洞里，它那大嘴巴也张不开，不能发挥作用。要是鱼卡在了石缝中，就用匕首对付它们。再说，它们也害怕在乱石中横冲直撞时，会划破自己的身体，那它们可就要成为自己同伴的美餐了。

邦德慢慢摸索着墙壁，挪动脚步向前走，每一步都小心翼翼。借着手电筒的光亮，邦德看到墙壁上的痕迹，他断定这是一

个人工凿成的隧道。而且,隧道的出口一定就在小岛上。这应该是海盗摩根的杰作!

邦德仿佛看见当年摩根手里挥动着皮鞭,抽打那些奴隶的情景。奴隶们一镐一镐地挖,凿下一块块的碎石。接着,只听到"轰"的一声,石壁裂开了个大口子,海水哗啦哗啦地涌了进来。那些奴隶们瞬间被海水所淹没,他们不停地挥舞着手脚,想要活命,想要逃回去。但是最终,那些隧道的建造者就这样在大海中永远消失了……

这么说,洞口的大石头是用来封洞的,有人六个月前也来过这里,发现了这个秘密。接着,他进到洞里,发现了财宝。但是他一个人拿不了那么多,想要找帮手,于是就去找哈勒姆区的伙计们,想在那儿组建一支装备齐全的打捞队。

他去找比格合作,想借助比格的力量大捞一笔。他没想到,比格那个野心勃勃的家伙,为了独占摩根留下的财富,竟将他和石头捆在一起,扔进了哈勒姆河,让他和这个秘密永远地消失了……

邦德刚想到这里,隧道里突然响起"隆隆"的鼓声。

他刚跑进隧道里时,曾经听到水中有微弱的嗡嗡声,但他当时以为那是海水拍打小岛发出的声音,也没有再往深处细想。

但是现在,他可以清晰地分辨出这是种击鼓声,而且节奏感很强。

"咚——咚咚咚——"

"咚——咚咚咚——"

鼓声很沉闷,好像是被罩在了大钟里,传不出去。他自己好

第二十章 隐蔽的地洞

像也被罩在这个大钟里，脚下的海水也被震得溅起水花，荡漾出波纹。

现在敲鼓有什么目的呢？

邦德冥思苦想。突然，他脑子里灵光一现！对了，夸勒尔说过，渔民们在晚上捕鱼时，喜欢用船桨敲打独木舟的边，吸引鱼过来。现在有人击鼓，肯定是为了鼓动那些梭子鱼和鲨鱼，让他们兴奋起来，寻找食物——也就是替他们巡逻；另外，他们想警告岸上的人们，不要接近小岛。

肯定又是比格在耍花招！他那个大脑袋瓜里还真是装了不少东西。

邦德心里有些顾虑，斯特兰韦斯和夸勒尔会听到鼓声吗？

他们俩会想些什么呢？

是坐在那里抓耳挠腮，还是通知华盛顿说任务失败了？

邦德出发前告诉过他们，鼓声可能只是迷惑敌人的手段，他们千万不可以随便行动，只有"大剪刀号"起锚返航后没有爆炸才说明他失败了。到那时，他们就可以在公海上截住"大剪刀号"。

邦德看了看表，时间刚刚过了半小时。可他觉得从自己跳下水开始探险的那一刻到现在，已经过去了整整一周了，而且前途未卜。海水已经从肩上的裂口灌进了蛙人橡皮衣，他担心海水已把贝雷塔枪毁了。

"唉……"邦德无奈地叹了口气。

鼓声越来越响……邦德继续摸索着前进。

走了几十步，前面有了一点点微光。邦德关上手电筒，轻手

　　轻脚地朝着亮光走过去,脚下的路变得越来越陡,向上延伸着。邦德在小路两旁看到许多小鱼,而且越往前走越多。邦德想,原来鱼儿们也喜欢光线明亮的地方呀!他还发现石缝中间躲着小螃蟹,只露出来几只脚。一条小章鱼坦然地贴在路旁的小石头上,悠闲得很。

　　邦德隐隐约约看到了地窖的尽头。再往前,是个宽阔的亮晃晃的水池,白色的沙质池底就像被染上了一层日光,又清楚又亮堂。

第二十一章 落入比格的魔爪

没有了头盔的保护，轰隆隆的鼓声快要把邦德的耳膜震裂了。他身上的每根神经几乎都被它撩拨起来，鼓点的重音一下接着一下冲击着他的心窝，鲜血在血管里加速流动。

一个大汉推着他转了个身，邦德定睛一看，顿时心里一沉。

鼓声越来越响,邦德停下步子,身子贴着墙壁,抬头观察上面的情况。他发现自己的头离水面只有十几厘米了。

他踌躇了一下,心里拿不定主意。要是水池边上有人,他只要再往前走几步,马上就会暴露。他站在原地,心里很矛盾,究竟再往前走还是……

突然,他心里一惊,自己的伤口还在流血!

周围的海水已经慢慢被染成了红色。

背后的氧气罐还在咕咕地往上冒气泡。

邦德无论如何也没有想到,即使再往水下退十几厘米,他的命运也无法改变了。

只听头顶上"扑通"一声!两个彪形大汉同时跳进水里,向他扑过来。他们赤裸着上身,戴着玻璃面罩,每人左手都握着一把匕首。

邦德一看形势不妙,立马抽出皮带上的匕首!

没等他的手握住刀柄,两个大汉就紧紧抓住他的胳膊,使劲儿往上拽。

邦德的伤口传来钻心的疼痛,他的双脚胡乱在水里蹬着,身体扭动着,他甚至拿自己的面罩去撞大汉的肚子,可是已经太晚了……

他只能任由两个大汉把他拉出水面,扔到地面上。还没等邦

第二十一章
落入比格的魔爪

德站稳，只听"唰"的一声，两个大汉扯开了他的蛙人潜水衣，摘下他的头盔，还扯下了他藏在腋下的手枪套。

黑糊糊的蛙人潜水衣被堆在脚边，他就像一条被剥了皮的蛇一样站在那里，身上只剩下一条游泳裤。肩上的伤口又流血了，邦德感到一阵钻心的疼痛。

没有了头盔的保护，轰隆隆的鼓声快要把邦德的耳膜震裂了。他身上的每根神经几乎都被它撩拨起来，鼓点的重音一下接着一下地冲击着他的心窝，鲜血在血管里加速流动。

一个壮汉推着他转了个身，邦德定睛一看，顿时心里一沉。

他面前摆着一张纸牌桌，深绿色的桌布上堆了些纸片，乱七八糟的。

比格坐在桌子后面的折叠椅上，手里拿着一支钢笔，两眼盯着邦德，一点儿也不感到惊讶。

他身上穿着一件非常合身的鹿毛色西服，脖子上系着一根黑色丝质领带。宽大的下巴压在左手上，两眼死死地盯着邦德，就像是看到职员跑进了他的办公室，要求增加薪水时一样，脸上没有一丝不耐烦的表情。

离比格几步远的地方，放着一幅萨莫迪大王的肖像。画上的萨莫迪戴着圆顶礼帽，凶神恶煞地瞪着邦德。

比格抬起下巴，用他那对大金鱼眼审视着邦德——从头发尖儿看到脚指头。

"晚上好，詹姆斯·邦德先生。"比格终于开口说话了。干巴巴的声音盖过了鼓声，清晰地传进邦德的耳朵，"你不远万里

飞到这儿,是来抓蜘蛛啊,还是来抓小鱼?你要是想要小鱼,直接跟我说一声就行了,我那儿多得是!"

"呸!"邦德往地上吐了口唾沫。

"你抓鱼也行,那你也得注意点儿啊,你吐出那么多气泡,吵得我们都待不下去了!"比格继续揶揄着邦德,想狠狠地羞辱他。

邦德明白了,原来是在和章鱼搏斗时暴露了自己!

邦德从比格身上移开目光,机械地打量着四周。

这个大石窟就像个大教堂一样。石窟底部是清澈的水池,他就是从那儿被拖上来的。

比格身后不远,有一条陡峭的石梯,弯曲向上,一直通向石窟的拱形天顶。

天顶上悬挂着短短的钟乳石,一滴一滴的水珠顺着石头尖滴进水池。石窟四周挂着十几盏弧光灯,把地窖照得通亮。

几个身形剽悍的壮汉站在比格的左边,他们光着膀子,转着眼珠,正龇牙咧嘴地冷笑。

他们脚下堆着腐烂的木头,旁边还有一些锈迹斑斑的大铁圈、发了霉的皮带和稀烂的粗帆布。

邦德眼睛一亮!

那里居然还散落着一大堆金币,他们的脚后跟都快被金币淹没了。

他们旁边还堆着一排又一排的木盘,每个木盘里都摆着一层金币。一个壮汉站在石梯下,手里端着一个木盘,里面只摆了半盘子金币。

第二十一章
落入比格的魔爪

在他的左边,支着一口大坩锅,锅边上搭着一把长柄勺,勺柄上缠着几圈布条,燃烧的火苗把锅底烤得通红。

两个壮汉站在锅边,每个人手里拿着一把漏勺,漏勺边上还沾着融化的金子呢!

他们旁边堆着各式各样的黄金器皿:金盘子、金祭坛、金饮具和大小各异的金锭。

一排金属冷却盘靠在墙边放着,盘子边反射出亮闪闪的、耀眼的金光。

地上还蹲着一个壮汉,他一只手攥着小刀,另一只手握住一个高脚杯,正在撬上面的宝石。

他脚边放着一个铁盘子,里面堆满了红、绿、蓝色的宝石,在灯光的照射下,璀璨夺目。

石窟里很暖和,一丝风也没有,但邦德还是打了个寒战。

眼前的一切太让人瞠目结舌了:奢华的弧光灯、亮晃晃的金子、彩虹般的宝石和蓝绿色的水池……所有这一切,都好像是神话中的场景。

看了一圈儿,邦德的目光又回到了比格身上。

"停!不要击鼓了。"比格吩咐手下。

一个壮汉跨了两大步,从金币堆里迈出来,走到录音机前一按,"咔嗒"一声,石窟里瞬间安静下来。

"继续干活儿。"比格又开始发号施令。

话音刚落,一切又恢复平常。

漏勺又在坩锅里搅动起来,壮汉捧起一把又一把金币,把它们装进箱子,撬宝石的那把小刀又在高脚酒杯上舞动起来,壮汉

端着盘子沿着石梯往上走……

比格低头在纸上写了几笔。

邦德猜,那应该是一串数字。

邦德稍稍扭了一下身子,马上就感到匕首顶上了自己的腰。

比格放下笔,起身离开纸牌桌。

"你,过来,坐这里!"他对邦德身边的一个大汉说道。

壮汉立即绕过桌子坐到椅子上,抓起笔,在纸上写起字来。

"把他带上来!"说完,比格转身走上石梯。

邦德感觉到腰上的匕首顶了顶自己,他从蛙人潜水服中抬起脚,跟在比格后面不紧不慢地走上石梯。邦德发现,石窖没人抬起头好奇地看他。这说明,就是比格不在现场监督,也不会有任何人敢偷懒,更别说私藏宝石或者金币了。

萨莫迪大王人虽然不在,可是他的震慑力却一直在石窖中发挥着作用……

石梯两边还有几个人在忙碌着。

一个壮汉左手提着电石灯,右手抓起一把金币,轻轻地放到鱼缸里,再倒入泥沙和水草,把金币全部埋在下面,最后再放进一个守护神——毒鱼。

接着,这些鱼缸会搭载着"大剪刀号",一环接一环地运输出去,从这个神秘地窖,渗透进车水马龙的美国……

比格往上走了大约20级石阶,经过一道小门。与其说是门,还不如说就是一块儿大铁板呢!大铁板上面的铁锈左一块右一块,但上面的铁链却是崭新的。

比格停下脚步。

第二十一章
落入比格的魔爪

邦德一下子没刹住车,直接走到了比格的前面。

邦德脑子里突然闪过一个念头——跑!

邦德刚想转身,后面的壮汉打手好像猜中了他的心思,用力抓住他,把他的脸狠狠地按到了墙壁上。邦德不服气,拼命地挣扎,壮汉就按着他的脸在墙上摩擦。

"啊!嗯……"石窖的墙壁凹凸不平,有些地方还很锋利,划得邦德的脸生疼,但是他咬紧牙关,忍住了疼痛。他不想长了那些人的志气,灭自己的威风。

邦德心里十分明白,他必须活着见到宝石姑娘。无论如何不能让她被带上游艇。

只有他自己知道,此时此刻,强酸正慢慢地腐蚀着引爆炸弹的铜丝。过不了多久,游艇就要葬身大海了。

一股股凉风灌进石窖里,把邦德身上的海水、汗水通通吹干了。他看了看自己右肩上的伤口,血水和脓水凝固在一起,变得硬邦邦的。虽然他的整条手臂已经麻木得没了知觉,但是伤口还是隐隐作痛。

这时,比格开口说道:"邦德先生,这种冷风,"他往上指了指石梯的尽头,"就是牙买加大名鼎鼎的'阴风'!"

比格走到门前,从衣袋掏出钥匙打开门,一行人又向前走去。

"咔嗒",门开了。

这间屋子很宽敞,边上有一道又细又长的过道,墙上隔不了多远就吊着一副镣铐。在屋子尽头的石顶上,吊着一盏防风灯。

一个裹在毯子里的人一动不动地躺在灯下。屋子里还有一盏

防风灯，刚好挂在刚进屋的几个人的头顶上方。

整个屋子里空荡荡的，只能闻到岩石的潮味和原始刑罚带来的威胁与死亡的气息。

邦德想起和夸勒尔在一起时，也听他提起过……邦德耸耸右肩，喘了口气。

第二十二章 魔鬼的呓语

比格又张开他厚大的嘴唇，露出两排雪白的牙齿："在所有和我作对的人当中，你的确是一个佼佼者。我的四个助手都变成了你的刀下鬼，这让其他人都开始怀疑我的能力了。现在，咱们好好算算这笔账……"

"宝石。"比格轻轻叫了一声。

是宝石姑娘?邦德的心顿时怦怦乱跳,不由自主地往前跨了几步。

结果一个趔趄,被身后的壮汉拽了回去,还挨了几拳头。

"安静点儿!"他身后的壮汉大叫一声,把邦德的手腕又往上提了提,超过了肩胛骨。

忍着剧痛,邦德抬腿,猛地向后一踢!正好踢中壮汉的胫骨,而他自己的手臂也几乎要断了。

"啊——我看你是活腻歪了!"邦德的突袭激怒了那个壮汉,他面目狰狞,冲邦德吼叫。

比格转过身,举起他那支小手枪,对手下说:"放开他。"

邦德大步冲到比格身边!

"邦德先生,如果你想要两个肚脐,我可以成全你。我这儿有六颗子弹呢!"比格冷静地说,脸上没有一丝表情。

宝石姑娘被屋子里的动静吵醒了,她掀开毛毯站了起来。

一看见邦德,她伸出双臂,不顾一切地向他跑了过来!

"邦德!"宝石姑娘哽咽地呼唤着,"邦德,真的是你吗?"宝石姑娘差点儿摔倒在邦德的脚下。

第二十二章
魔鬼的呓语

"是我！对不起，宝石。我来晚了！"邦德看到宝石姑娘这般狼狈，内心感到深深的自责。

"给我拿些绳子来！"站在门口的比格命令道。

"不怕，不怕，没事，你别担心，有我在呢。"虽然邦德明白他们在劫难逃，但他仍然轻柔地安慰着宝石，"一切都会好的，我不是来了吗？"

邦德把宝石姑娘扶起来，仔细打量着她。只见她仍然穿着被绑架那天的衣服，脏兮兮的，一丝梳妆打扮的痕迹都没有。她的脸色苍白，头发乱糟糟地披在肩上，额头上还有一道伤痕，眼眶下面有深深的黑眼圈，脸蛋儿上还有几道明显的泪痕，看起来非常憔悴……

"那些浑蛋把你折磨惨了吧？"邦德握紧拳头，咬牙切齿地问。

宝石姑娘没有回答他，盯着他的肩头和身上的血反问："你在流血！怎么弄的啊？"

说着说着，宝石姑娘又毫无预兆地啜泣起来，因为她意识到她和邦德凶多吉少了。

"把他们绑起来！"比格下命令了，"就绑在灯下面，我还得跟他们聊一聊。"

壮汉拿着绳子向邦德和宝石姑娘走过来。

此时，邦德内心挣扎着。还可以再拼一次吗？壮汉手中只有一条绳子！

当邦德的目光扫过比格手里的那把枪时，他放弃了自己的想法。

很显然，现在不是个好时机。

"不，比格！有种咱们单挑，你绑一个姑娘算什么英雄好汉，我看你就是个狗熊！呸！"邦德冲比格大吼。

邦德担心宝石姑娘受苦，开始口不择言。

当然，这也是他的激将法，他在等比格自乱阵脚，他需要一个机会……

比格完全不买邦德的账，他的耳朵好像有过滤网似的，自动地就把邦德的叫嚣筛了出去。

壮汉把绳子紧紧地绑在邦德的胳膊上，然后把他牢牢地拴到铁门边上。

"到这儿来。"比格指了指他旁边的一副镣铐。

壮汉冷不丁地踹了一下邦德的小腿，邦德身子一斜，直直地摔倒了，肩上的伤口恰好撞在了地面上，撞掉了血痂，又开始流血了。

壮汉拖着邦德来到镣铐前，让邦德坐在石地上，两腿向前伸。他先把绳索系在镣铐环上，又把邦德的两只脚踝紧紧捆起来，用匕首把多余的绳索割断，然后向宝石姑娘走过去。

此时，邦德身后的两只胳膊被绳索吊着，右肩上的伤口撕裂得更大了，鲜血一滴滴往下流淌。如果不是靠意念支撑着，他恐怕早就疼得昏过去了！

宝石姑娘也被壮汉用绳子捆了起来，绑在邦德身旁。

比格看了一眼手表后对壮汉说："你先出去吧，这儿没你的事了。"

壮汉得到命令，离开屋子的同时关上了铁门。

第二十一章 魔鬼的呓语

邦德和宝石姑娘四目相对，一声不吭。比格的眼睛也在盯着地上的这一对搭档。

沉默了好一阵子，比格才开口："邦德。"

邦德抬起头来，看见那颗硕大浑圆的灰色脑袋，那双无底洞般金黄色的眼睛，那具庞大健硕的身躯，心头一震——眼前的比格就像个从地心钻出来的凶神！

邦德不得不给自己壮壮胆子。

他不停地告诉自己，这个庞然大物也是有心跳，要呼吸的。他灰色的皮肤上也会流汗，他也是个人，虽然他头脑超凡，但他毕竟还是人。

比格又张开他厚大的嘴唇，露出两排雪白的牙齿："在所有和我作对的人当中，你的确是一个佼佼者。我的四个助手都变成了你的刀下鬼，这让其他人都开始怀疑我的能力了。现在，咱们好好算算这笔账！至于这位姑娘嘛……"

比格两眼仍然盯着邦德："她是我在贫民窟里发现的，我本来想把她培养成我的助手，但她居然背叛了我，让我完美无缺的计划出现了闪失！我正在想，嗯……怎么样弄死她最合适。"

比格发出一声冷笑，让人捉摸不透他的想法。

"最后我决定，应该成全你们，让你们这对好搭档死在一起，而且以一种非常特殊的方式死去。"比格看看表，"还有两个半小时，也就是6点钟，我送你们一起上西天。"

"整个过程只用几分钟就行。"比格又补充了一句。

"即使只剩一秒钟，"邦德咬牙切齿地说，"我也不会放过你！"

听到邦德的回答，比格轻蔑地笑了笑。

"邦德先生，你很不幸，"比格又把目光转向宝石姑娘，"哦，还有这位姑娘。你们遇到了堪称第一流的罪犯。我之所以用'罪犯'这个词，是因为你们私底下就是这么称呼我的，对吗？"

"哼！你还挺有自知之明！"邦德见比格盯着宝石姑娘，赶快说了一声，好把他的注意力引到自己身上。

"这么说吧，从天性与倾向上来讲，我是一头狼。因此我生存的法则就是狼的法则。所以，羊群——也就是你们，叫我'罪犯'也无可厚非。"比格努努嘴，"但是你可别忘了，虽然我是孤身一人和成百上千头羊作对，但我毕竟活下来了，而且越活越好。知道为什么吗？"

比格似乎并不想得到答案，他接着说了下去："除了先进的武器装备外，我还有脑子！"比格用食指点了点自己的大脑袋，"给你举个例子，就说说我是怎么为你们设计死亡方式的吧！我从恩主亨利·摩根爵士那里学到后，又对它进行了一番改进，让它更符合我的口味。它以前叫'平船牵引'，现在，哈哈，你们可以叫它'平船牵引升级版'！"

"哼，管你什么升级还是降级，尽管来吧！"邦德回击比格。

"死鸭子嘴硬！你听说过一种专门拖大鱼的浮锚吗？我们船上就有一个。"比格绘声绘色地给两个人描述，"就是一种很大的长得像鱼雷的东西，专门用来拖动撒下水的渔网。我的计划就是把你们俩捆在一起，系在浮锚上，然后开船，让我的鱼儿们好

第二十一章 魔鬼的呓语

好享受一顿美餐！哈哈哈哈……"

比格仰天长笑。

宝石姑娘快要被比格的这番话给吓哭了，她看着邦德，不知所措，全身都在颤抖……

"你是个自大狂！世界第一自恋狂！"邦德说，"早晚有一天，你会不得好死，横尸街头！杀了我们，你也就玩完了！"

邦德一边和比格打口水仗，一边算着时间——强酸正静静地腐蚀着引爆线，比格团伙离死亡不远了。

他和宝石姑娘能亲眼看到吗？希望吧！邦德在心中默默祈祷，给宝石姑娘一个安慰的微笑。宝石姑娘直视着邦德的眼睛，目光有些慌乱。

突然，宝石姑娘神经质般地大叫了一声！

"我不知道！"她哭喊着，"我看不出来！我什么也看不出来！只能看到死亡，就在眼前，都要死了……"

"宝石！"邦德赶紧大吼一声，声音里含着一丝愤怒和绝望，他担心宝石姑娘的直觉和预感会让比格产生警觉，"你别瞎说！"

宝石姑娘的目光逐渐清晰，茫然不解地看着邦德。

比格又开口说道："邦德，激将法对我可不管用，你就是说破了天，我也不会生气的。刚才忘了说了，我的鱼儿们只有闻到血腥的味道才会兴奋起来，所以，我要让你们在珊瑚群里搓搓澡，这样，它们就会对你们爱不释手了！"比格的手伸向背后，拉开了铁门。

"我先走了，"比格说，"我先替你们去看看浮锚准备好了

没有,免得我的鱼儿们挨饿。"

"詹姆斯·邦德先生,这就是狼的法则!"他站在门口,看着默不作声的邦德和宝石姑娘,"再多说一句,祝你们俩晚安!"

第二十三章 命悬一线

"会怎么样啊？嗯……我们会路过暗礁群，它们会像刀刃一样，把我们身上的肉刮下来。接着我们就成了鱼饵，引来海里的食人鱼，成为它们的早餐，而比格会坐在游艇上，静静地看着我们被吃下去，是吗？"

比格离开屋子,门外的锁链哗啦啦响了几声,最后"咔嗒"一下,彻底把邦德和宝石姑娘锁在了屋子里。

"邦……"

"嘘……"

邦德和宝石姑娘几乎同时开口,宝石姑娘想和邦德说点儿什么,邦德却摇着头,示意宝石姑娘先不要说话。邦德竖起耳朵听着门外的动静……

"呼——好了,他们确实走了。你刚才想说什么来着?"邦德确定没人偷听后,问宝石姑娘。

"现在可以说话了吗?"宝石姑娘小心翼翼,几乎是用嗓子里的气流在说话,"我就是想知道你是怎么找到这里来的。"

"那不重要,我现在要告诉你一件更重要的事!"邦德严肃地说,"在比格抓到我之前,我已经在'大剪刀号'游艇底下安了定时炸弹,爆炸时间预计在早晨6点钟左右。"

"啊?真的吗?那太好啦!"宝石姑娘先是感到意外,紧接着整个人都激动起来,她看到了活下去的希望!

"先别高兴得太早,你听我把话说完。"邦德有条不紊地对宝石姑娘说,"首先,比格必须坚持他自己往常的行事风格——精确、高效。'大剪刀号'要按计划在早上6点钟准时启航。而

第二十三章
命悬一线

且海上不能有雾，否则，比格就会推迟启航的时间。这会有两种后果：一是爆炸时我们都不在游艇上，那么我们的行动就暴露了，事后比格也会想方设法弄死我们。二是爆炸时我们都在游艇上，和他同归于尽！"

"那如果比格按时启航呢？没准儿今天是个大晴天，上帝也想帮我们呢！"宝石姑娘问邦德。

"如果'大剪刀号'准时启航，我们就会被它拖着走。浮锚大概是50码（约46米），我们身上的绳子差不多20码（约18米），那也就是说，我们离'大剪刀号'有70码（约64米）的距离。然后，我们会，会……"邦德不知道该怎么往下说。

"会怎么样啊？嗯……我们会路过暗礁群，它们会像刀刃一样，把我们身上的肉刮下来。接着我们就成了鱼饵，引来海里的食人鱼，成为它们的早餐。而比格会坐在游艇上，静静地看着我们被吃下去，是吗？"宝石姑娘似乎已经知道了结局，她自言自语地说着。

"你不要这么悲观嘛！我们还是有一线生机的。"邦德继续说，"我们要做的，就是在炸弹爆炸之前活下来。如果一切都按计划进行，当'大剪刀号'开过珊瑚群时，炸弹就会爆炸，这就是我们活命的机会！"

"我还是搞不明白。"宝石姑娘噘着嘴，低下了头，有些委屈，又有些自责。

"你这个小傻瓜！"邦德看着宝石姑娘，又心疼又无奈，只好继续解释，"我刚才不是算过了吗？我们离游艇有70码（约64米）的距离，珊瑚礁最长的长度大概50码（约46米），爆炸

时,我们离珊瑚礁群还有20码(约18米)的距离。也就是说,我们不仅会躲过珊瑚礁,还可以用它挡住爆炸的冲击波。"

"天哪!这个计划太精妙了,太刺激了!"宝石姑娘不禁感叹。

"更刺激的还在后面呢!"邦德顺着宝石姑娘的话说道。

宝石姑娘一听到还有更刺激的,两只眼睛闪着亮光,用渴望的眼神看着邦德,等他继续说下去。

"游艇一爆炸,血腥味就会召来一大群鲨鱼和梭子鱼,它们肯定为美餐争得头破血流。而我们,也会在它们的抢食大战中成为炮灰——鲨鱼会跟在我们屁股后面穷追不舍。"

"哼,这就是你说的刺激?"宝石姑娘这才明白邦德在逗她,"我们没有流血,鲨鱼也会吃我们吗?"

"当然会了!鲨鱼哪分得清是谁流的血啊,它只知道见着人就吃!不过你放心,我只要看到鲨鱼要过来,就先把你按在我身下淹死,然后让它先吃你,我趁机逃命,嘻嘻!"邦德装作轻松的样子,和宝石姑娘说着自己的计划。

"喊!你就知道拿我寻开心!快告诉我游艇爆炸后我们要怎么逃出去吧。"宝石姑娘根本不相信邦德说的话,认为他还在逗自己。

"唉,竟然被你看穿了。至于爆炸之后怎么逃出去嘛……保密,反正很刺激就是了,你肯定想不到!"邦德嘴角上扬,露出八颗光洁整齐的白牙,给了宝石姑娘一个标准的微笑。

邦德没和宝石姑娘开玩笑,这就是他的计划。如果鲨鱼一旦追来,他会先淹死宝石姑娘没错,可他不是为了逃命。他是不想

第二十三章
命悬一线

让宝石姑娘被活生生地咬死,至少先淹死了,被吃掉就不会感到痛苦。还有,在淹死宝石姑娘后,他自己也会设法和宝石姑娘一样窒息而亡。至于保密之类的话,那完全是邦德急中生智瞎编的,连他自己也不知道爆炸之后要怎么逃脱。现在,他只希望这个善意的谎言能让宝石姑娘开心地度过剩下的时间……最后,他只能盼望奇迹出现了!

邦德的微笑就像一缕阳光,让宝石姑娘在阴冷的屋子里感受到了温暖,给了她面对即将到来的死亡的勇气,她庆幸自己能结识邦德这样一位好伙伴。

宝石姑娘的脑子里闪过和邦德经历的点点滴滴:从第一次见面起,两人联手骗过比格,救了邦德一命;邦德为了帮自己逃脱虎口,私自把自己带上火车,现在又不顾危险地来救自己;他们一起去过小饭馆,一起欣赏过美景……宝石姑娘同样回给邦德一个大大的微笑。

邦德和宝石姑娘就像两个小傻子一样冲对方微笑,笑着笑着,两个人的视线渐渐模糊了。邦德抬起头看着房顶,忍住不让眼泪掉下来,最后宝石姑娘破涕为笑:"瞧你那傻样儿,大名鼎鼎的007被绑成这个样子,说出去让人笑掉大牙!"

"那你替我保密不就行了,咱们是盟友嘛!你可不能胳膊肘往外拐哦。"邦德为了保住自己的名声,竟然撒起娇来。

这时,门口传来动静,有人来开门了!

铁门一开,原来是两名打手。他们解开邦德手上的镣铐,押着他和宝石姑娘出了屋子,顺着石梯走出了石窖,来到岛上的一片树林中。

"呼——"邦德仰面深呼吸,凉丝丝的空气浸润了心肺。这时,他看到一抹光亮隐约出现在天边,岛上的小鸟正发出黎明的第一声啼叫。

他估计,现在大约是早上五点半。

他们就在林中干站了好几分钟。其间,许多人路过他们身旁。那些人手里提着麻布口袋,一路都在愉快地低声交谈,直到消失在邦德的视线中。

没有一个人掉头回来。这是在撤离,整个岛上的防卫都撤了!

此时,天色已经亮了。一阵阵海风扑面而来,而在背风的一侧,"大剪刀号"正静静地停泊在那儿。那片海水清澈明亮,没有一点儿波澜。

比格提着一个生意人专用的小皮箱走了过来。他没看邦德和宝石姑娘,而是抬头看着天空。突然,他清晰、大声地向海面上那一轮红日说:"感谢你,亨利·摩根爵士!你的财宝一定会有好的归宿,保佑我们一路顺风吧!"

"该是'一路阴风'吧。"邦德讥讽地说了一声。

比格的目光转向邦德。

"都搬走了?"比格问两名打手。

"搬走了,老板。"其中一名打手答道。

"把他们也带走!"比格命令道。

五个人一齐来到峭崖的边缘,踏着陡直的石梯往下走。两名打手一前一后夹着邦德和宝石姑娘,比格走在最后。

装饰华丽的"大剪刀号"正发出沉稳的低鸣。两名船上的工

第二十三章 命悬一线

作人员站在码头上牵引绳索,游艇长和领航员正准备开动游艇。鱼缸摆满了整个甲板,只留出一块放椅子的地方。离游艇几米远,有一个鱼雷形浮锚浸在水里。

邦德能望见远处的爱神木大厦的楼顶。不知道斯特兰韦斯会不会也在看着自己,他会怎么想呢?

"把他们两个给我绑起来!记住,别绑腿,鲨鱼最喜欢他们挣扎的白腿。"比格吩咐他的打手。

邦德心里一惊!他的目光扫过比格的手表,现在是5:50。他把想说的话咽了回去,已经不能再拖下去了。

打手把邦德两人身上的绳索解开,又将两人面对面地捆在了一起,从地上拿起了连接浮锚的绳索的一端捆在两人腋下,在他们的身体中间打了死结。每一道绳索缠得都很牢固,想挣脱是不可能的。然后,绳索的另一端从码头垂下,沿着岸边的浅水,一直延伸到浮锚的底部。

邦德仍在计算时间,他在心里已经数过了5分钟!快了……

比格坐到甲板的椅子里,两眼盯着站在码头上的邦德和宝石姑娘。

"大剪刀号"出发了!

系在游艇上的缆绳牵着浮锚移动,在水面上荡起一阵波纹。此时,两个人身边的绳索只剩下最后一圈了。

"当心!"邦德大叫一声,紧紧拉住宝石姑娘的手。

紧绷的绳索突然一拉,几乎弄断了他们的胳膊!两个人从码头上猛地栽进大海中,被海水吞没了片刻,才又被绳索拖着浮出水面。

紧捆在一起的两个身体在水面上破浪而行，四面全是涌动的波浪和喷溅的水花。邦德迎着激流，大口喘着粗气。宝石姑娘持续紧张的喘息声在他的耳边回响。

"吸气，快吸气！"他在水波中大喊，"用脚缠住我的腿！"

宝石姑娘听到了他的呼喊，拼命用双脚缠住邦德的大腿。

"你闭口气，"邦德喊道，"我翻上去看看动静，好吗？"

宝石姑娘使劲儿一抱他，等于给了他回答。他猛地一转身，把宝石姑娘压在身下，将头跃出水面。

前面的海域冒出星星点点的暗礁尖，他们就要进入暗礁群了！邦德估计，暗礁群可能有80码（约73米），比自己估计的还要远。

邦德赶紧扭转过身体，宝石姑娘从水下侧翻上来大喘着气，呼吸几口新鲜空气。

游艇，浮锚，还有捆绑着的人，正在水上穿行……

"大剪刀号"就要通过暗礁群了。此刻，邦德六神无主，该死的炸弹怎么还不爆炸？上帝啊，求求你快让炸弹爆炸吧！

游艇的速度加快了，激起的水花唰唰作响。

"呼气！宝石，快呼气！"邦德扯着嗓子大喊。他们飞腾在水波之上，向暗礁群疾奔而去。

拖拽的绳索稍微停了一下！爆炸了吗？邦德激动起来。

唉！原来是一块珊瑚礁被浮锚撞掉了。

紧接着，两个人被拖着向前飞快地滑动。他们离暗礁群还有30码（约27米），20码（约18米），10码（约9米）……

第二十四章 彻底陷入绝境

邦德发现,几片鱼鳍急速地游动,它们很快就集成了一群,直奔那些漂在海面上的人和死鱼。

接着,水面上跃起一条巨大的鲨鱼!只见它喷出一股股水柱,猛地扑向什么东西……

我的老天！我们完蛋了！邦德暗叫一声。他全身绷紧，准备迎接即将到来的撞击和撕裂，同时尽可能地将宝石姑娘扳到自己上面，让她少受皮肉之苦。

突然，他们的绳索猛地一顿，就像一只拳头狠狠地砸在了他的身上！

巨大的震颤把两个人的身体弹出水面，"啪"的一声又砸到水里。

刹那间，一道闪电般的光亮划破天空，海面上爆发出一声震耳欲聋的巨响！

"轰——"

"大剪刀号"变成了一个大火球，向天空喷出一团巨大的蘑菇云！

空气中弥漫着一股浓烈刺鼻的硝烟味……

紧接着，"咔嚓"一声，"大剪刀号"从中间裂成了两半！

邦德和宝石姑娘的身体开始往下坠，腥咸的海水使昏沉的邦德清醒过来，他连连搅动双腿，努力让宝石姑娘和自己的头浮出水面。

此时，邦德怀里的宝石姑娘变得沉甸甸的，犹如铁块儿一般沉重。

第二十四章
彻底陷入绝境

他用肩头托起宝石姑娘的头，打量着四周的景象。5码（约4.6米）外有个巨大的漩涡，那儿就是暗礁群！

谢天谢地！幸亏有这群暗礁挡着，否则他们肯定已经被冲击波拍死了。

还没高兴几秒钟，邦德就感觉到脚下的海水像漩涡一样流动了起来！

他翻身朝上，双眼被海水刺激得通红，胸口痛得像要炸裂一般，他绝望地大口喘着气。

他们的绳索还在将他们朝水下拖拽，宝石姑娘散乱的头发堵住了他的嘴，让他不能呼吸……

突然，珊瑚礁锋利地划过他的大腿！

不好，他流血了！

他拼命地摆动双脚，想要游出这片珊瑚礁。他的整个后背、胳膊都被划伤了，但和胸口那种撕心裂肺的痛相比，这些都不值一提。

邦德笨拙地扭动着身体，终于，他的脚碰到了一块锋利无比的礁石！

他顶住汹涌而来的涡流，忍痛踩在礁石上，后背也顺势靠上一块儿礁石。源源不断的鲜血从邦德脚底流出来，在周围的海水中慢慢扩散……

邦德紧紧抱住怀里的宝石姑娘。此时的宝石姑娘已经浑身冰凉，奄奄一息了。

邦德痛苦地咳嗽几声，然后闭上双眼，靠着礁石喘息了几分钟。意识重新清醒过来后，邦德担心周围的海水会引来鲨鱼，但

他又觉得鲨鱼应该不敢闯到暗礁群中来。

但如果真有胆大的鲨鱼追过来，那他也束手无策，只能坐以待毙。

他扭头看了看大海，"大剪刀号"已经无影无踪了，海面上满是残骸杂物：几个人在海面上起起伏伏；被炸死或震昏的鱼儿肚皮朝天，反射出点点白光；浮锚静静地漂在海面上，上面的缆绳早就不见了；游艇下沉激起了又高又粗的水柱，气泡在水面上"啪啪"作响……

邦德发现，几片鱼鳍急速地游动，它们很快就集成了一群，直奔那些漂在海面上的人和死鱼。

接着，水面上跃起了一条巨大的鲨鱼！只见它喷出一股股水柱，猛地扑向什么东西。紧跟着，鱼群也在水上展开了激烈的争夺。

邦德见到两只人的胳膊在海面上乱挥，几声凄惨的尖叫后，很快就消失不见了。

两三个人头开始在水中攒动，有人挥舞着手臂朝礁群划来。其中一个人的手刚伸出水面就不动了，只听那人发出几声尖厉的惨叫后，身子在水中前后晃动。

邦德知道，他肯定是被梭子鱼咬住了。

另一个人头却离邦德越来越近！他扑腾的水花已经溅到邦德的脸上了，而且还把宝石姑娘的头发冲散了。

这颗脑袋硕大无比，光秃秃的头顶被划开一条伤口，鲜血流到脸上，糊得他睁不开眼。仅剩的黑丝领带缠在他粗大的脖子后面，像一根长长的尾巴一样。

第二十四章
彻底陷入绝境

邦德看到比格龇牙咧嘴、拼命挣扎的丑样子，像个大蛤蟆似的笨拙地划动海水，每划一次都溅起一大片水花，这足以诱惑任何鲨鱼来享用他！

他还能继续坚持下去，挽回自己要当鱼饵的命运吗？

一团水花冲掉了比格脸上的鲜血，他那两只鼓鼓的大眼发狂般地盯着邦德，除了垂死挣扎的绝望外，没有流露出一丝一毫的哀求！

突然，比格猛地闭上双眼，五官扭曲在一起，脸上的神情痛苦不堪！

"啊——"

一声惨叫后，他的双手不再划动，身边一大团海水变得更红了……

两条长长的暗影在水下浮游摆动，撞击着比格的身子。他隐约看到鲨鱼正贪婪地争相咬噬着比格的身躯。

邦德瞪大双眼，看着面前一大团黑紫色的海水不断扩散，水面上隐约浮现出一两个鱼鳍，它们离自己越来越近……

怎么办？难道真的逃不过这一劫了吗？

他记得M局长那双锐利的眼睛，记得哈洛伦为自己安排酒店，记得第一次和宝石姑娘通话，记得在"银色幻影"上的乘务员，记得生命垂危的莱特，记得在仓库里和鲁贝尔激战，记得……

宝石姑娘轻轻地呻吟了一下，邦德的思绪又重新回到现实之中。

"宝石，感谢你愿意成为我的朋友！感谢你陪我度过生命中

最后一段旅程。"

说完，邦德抱紧宝石姑娘，眼泪从邦德灰蓝色的眼睛里流了出来，淌过他憔悴的脸颊，滴洒在鲜血染红的海水中。这是从孩提时代以来他流出的第一串泪珠。

第二十五章 虎口余生

从开始追踪比格和这批宝藏以来,邦德所受的各种痛苦——浮现在他眼前……死神一次又一次地降临到他头上,但每次他都逢凶化吉,幸免于难。现在,一切惊涛骇浪都过去了,他终于能坐在花园里,静静地享受这温暖的阳光了。

"邦德！邦德——你在哪儿？邦德——"

远处传来了呼喊声！邦德立刻把头扭向海湾，用力地眨了眨模糊的泪眼，向远处望去……

是夸勒尔！他坐在独木舟上，两手使劲儿地划动着船桨，身后还跟着一大串独木舟，接二连三地朝暗礁群急速划来。

夸勒尔就像一名英勇的将军！他划在最前面，带领着自己的独木舟队伍冲锋陷阵！他要冲进暗礁群中的漩涡，把自己的朋友们救出来！

…………

斯特兰韦斯在岸上坐立不安，他早就吩咐了救护车原地待命。

夸勒尔带着邦德和宝石姑娘回到鲨鱼海湾时，医护人员一窝蜂似的冲了上去，抢救奄奄一息的宝石姑娘和邦德，随后又将他们送往医院。

邦德在处理伤口的同时，向斯特兰韦斯报告了自己发现的线索。斯特兰韦斯当机立断，安排了一系列搜查行动。

一支警察小分队立即出发，进行海上搜索。在距离水面120英尺（约37米）深的海底，警察发现了"大剪刀号"的残骸。打捞人员得到沉船的具体位置后，带上工具设备向海底进发！

第二十五章
虎口余生

"大剪刀号"爆炸事件传得沸沸扬扬。当地的媒体记者蜂拥而至,挤破了脑袋想抢到这个独家新闻,凑热闹的人越来越多,把整个鲨鱼海湾挤得水泄不通……

那天上午,在游艇爆炸的海域周围,渔民们捞上来的鱼加起来足足有一吨重!"大剪刀号"上的人员无一人生还。搜查工作结束后,M局长和华盛顿方面都收到了任务报告——已成功除掉比格!

十天后,邦德躺在摇椅上,一边晒着太阳,一边想着心事。

从开始追踪比格和这批宝藏以来,邦德所经受的各种痛苦一一浮现在他眼前……死神一次又一次地降临到他头上,但每次他都逢凶化吉,幸免于难。现在,一切惊涛骇浪都过去了,他终于能坐在花园里,静静地享受这温暖的阳光了。

这时,厨房里传出来"啪"的一声!紧接着就听到夸勒尔的大声呵斥:"我让你看着点儿!你又把我的话当耳旁风了是吧?"

"这个夸勒尔,真是太不讲理了!"宝石姑娘笑着跑到花园里跟邦德告状,"他非要让厨师去找黑螃蟹!这个季节黑螃蟹本来就不多,他这不是强人所难吗?再说了,厨师已经做了一大桌子好菜了,看得我直流口水。

"哦?小馋猫,有什么东西能把你馋成这个样子?"邦德有些好奇。

"嗯……有烤肉、鳄梨沙拉、番石榴冰淇淋!对了,还有一个你肯定喜欢——一箱上好的牙买加香槟酒!"宝石姑娘掰着手指给邦德介绍,"听说那可是……"

夕阳给鲨鱼海湾镀上了一层橘黄色。宝石姑娘像一只开心的小鸟,在邦德耳边叽叽喳喳说个不停。邦德面带微笑,宠溺地看着宝石姑娘声情并茂的表演……

王牌007特工 小特工大能力 虎口拔牙

亲爱的小读者们，看了"王牌特工007系列"的作品，相信你已经熟悉特工这个职业了，它除了需要有不凡的身手，能在危急时刻保护自己外，更重要的是要有搜集情报、传递情报的能力。下面就由你来做一次特工，在书中找到以下问题的答案吧。

1.以比格为首的犯罪组织神不知鬼不觉地将摩根的宝藏金币带入了美国。你知道他们是怎样通过海关的重重检查的吗？

_____

_____

2.文中提到过很多鲨鱼，有角鲨、锯鲨、鼠鲨、扁鲨、须鲨、虎鲨……你知道世界上体型最大的鲨鱼是哪种鲨鱼吗？

_____

_____

3.在本书103页中提到："巨人比格一共犯了两次错误，他不会再犯第三次了……"。你知道这句话中提到的两次错误指的是什么吗？

_____

_____

情报局为补充特工的后备力量,需要从全世界召集有志于成为特工的少年作为备选人员。回答以下问题,就有可能被密探发现你身上的特工潜质哦。

1.你知道"007"意味着什么吗?如果可以让你选择一个代号,你会叫自己什么?为什么?

_____

_____

2.如果可以的话,你想拥有哪种超凡的能力?

_____

_____

3.如果成为一名特工,你会为自己配备什么样的秘密武器?

_____

_____

将你的答案告诉我们,我们会转交给"秘密特工",让他来判断你能否成为特工中的一员。

编辑部地址:北京市朝阳区南磨房路37号华腾北塘商务大厦1501室《意林·少年版》编辑部收
邮编:100022
本活动最终解释权归《意林·少年版》编辑部所有

"意林·少年幻兽师"系列

一段少年英雄成长史，一部异世妖兽山海录

作者：雨 魔
上架建议：励志／校园／成长

第一部荣耀完结
"少年幻兽师"系列外传第一册《易火与神的考验》即将来袭

"意林·山海经"系列

《芈月传》作者蒋胜男倾力推荐！

智慧、勇气、冒险、情义……尽在少年热血时！

"意林·山海经"第一季精彩完结
第二季"山海神兽录"第一册《青丘狐与女娲神》即将上市

作者：墨清清 周飞
上架建议：励志／校园／畅销小说

"意林·猎神传"系列

一个万众瞩目的猎神传奇，
一段大气磅礴的异界之旅。
集幻想、悬念、推理、神秘、冒险为一体。
现代校园与古代神话元素相结合
第三册《对决噬空梦兽》即将上市

作者：笑晨曦
上架建议：励志／玄幻／校园／畅销小说

"意林·机甲星球"系列

赴一场英雄的梦，开一扇想象的窗
——当危难来势汹汹，恐惧是你的选择，勇敢也是

全球华语科幻星云奖获得者、
迪士尼签约作家杨鹏实力新作

作者：杨鹏
上架建议：励志／科幻／校园／畅销小说

"意林·5班乐翻天"系列

生活的笑料＝写作的调料
听幽默故事，写高分作文

校园幽默派小说作家、冰心儿童文学奖获得者伍剑烹饪的幽默大餐！

作者：伍剑
上架建议：幽默／成长／校园／畅销小说

"意林·锦衣少年行"系列

豪情义胆铸侠义 壮志凌云冲九霄
一个传奇组织的热血故事，一群英勇少年的成长蜕变。

架构宏大、情节跌宕、画风细腻的同名热血青春影视剧，即将上线。

作者：天使奥斯卡 月关 周行文
上架建议：励志／校园／热血／成长

"意林·萝莉大冒险" 系列

作者：司徒平安
上架建议：励志/校园/儿童文学

暖萌萝莉勇闯魔法大陆　英勇骑士力挫黑暗阴谋
一位少女的华丽蜕变　一个国度的浴火重生
一个惊天逆转的阴谋　一场勇者无敌的征程

"意林·凡尔纳经典科幻" 系列

译者：刘瑜、李悦、张锁迪
作者：[法] 儒勒·凡尔纳
上架建议：励志/冒险/科幻小说

中小学生课外阅读经典名著
开启科幻新篇章，点燃头脑超强风暴。
这是一场极具未来眼光的科学畅谈，
也是一次跨越时间与空间的世纪幻想。

"意林·古墓奇谭" 系列

作者：[美] 迈克尔·诺斯鲁普
译者：王映红
上架建议：励志/幻想/成长/畅销小说

一部解开古埃及千年死亡谜底的古墓探险力作
美国学者出版社重点打造的多媒体互动图书
惊险神秘　科学探索　挑战大脑
第四册《石头战士》和第五册《末日帝国》现已上市

"意林·少年军校" 系列

作者：关义军
上架建议：励志/校园/儿童文学

一部少年军事励志小说
一部小军迷生存宝典
一部爱国主义国防教育读本
智慧强大的少年　闪亮惊艳的时光

"意林·魂武士" 系列

作者：[美] T.K. 瓦里安
译者：李耀和
上架建议：励志/玄幻/校园/畅销小说

男孩女孩的成长冒险书
横扫欧美的超能变身小说
一面是普通学生，一面是上古神兽，看魂武士们如何打怪升级，拯救危难世界吧！

"意林·美国少年励志馆" 系列

编者：美国 Cricket Media 出版集团
上架建议：少儿/励志

一套写给孩子的人生智慧书
一把打开孩子智慧思考生命价值的钥匙

"意林·萌武侠" 系列

作者：黄文军、钟锐、林风、岳炜
上架建议：成长/武侠/校园

新概念有声少儿武侠小说
培养好品格，做敢于担当、勇于挑战的好少年！
少年萌侠闯江湖，欢脱有爱铿锵行！

巴比兔系列成长绘本

著：海伦娜·卡拉杰克
绘：西·毕斯科
上架建议：儿童读物

源自国际获奖绘本　彰显生命教育典范
为3～7岁性格形成关键期的孩子准备的
一份心理自助礼物